島國守衛戰

02 END 以哥哥的名義發誓，凶手就是你！

巨斧泰迪熊

綽號	熊熊
身分	魔物
體測值	？？？
技能	拿巨斧砍人。裝萌。
個性	？？？

白陽

綽號	白羊
身分	環境控制員
體測值	A
技能	利用墊板磨擦自己可產生高壓靜電
個性	總是一副懶洋洋的模樣，不想惹麻煩，但對於找死、不守秩序的民眾卻會發飆怒斥。

蘭

綽號	老爹
身分	環控聯盟測量員
體測值	傳聞ＳＳＳ級
技能	開發怪異機械，長髮能吸收攻擊。
個性	固執。留著一頭銀色長髮的美男子，卻有收集骷髏頭的怪癖好。

冰川

綽號	~~美少女~~
身分	環境控制員
體測值	S
技能	冰的能力者
個性	大剌剌的少女，屬古靈精怪又帶點天然白目的類型，實則把自己的悲傷都壓在心中最深處。

CONTENTS

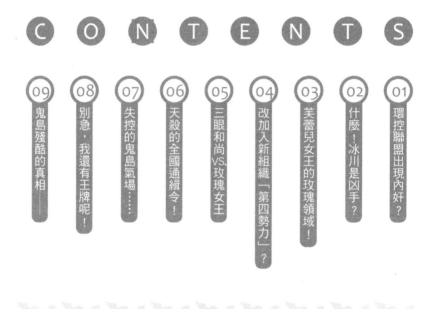

01 環控聯盟出現內奸？

「吱吱吱吱吱吱吱～」

發出吱吱叫聲的鬧鐘刺耳的響起，讓純白顏色的被窩裡傳來動靜。

頂著凌亂的捲髮，白陽從被窩中探出頭來，眼睛卻依然昏睡的閉著。他將自己滾成毛毛蟲的形狀，扭呀扭的滾到鬧鐘旁邊，伸手按掉它。

但幾分鐘後，鬧鐘又響了起來，依然是吱吱吱的老鼠叫聲。

「吵死了這什麼鬼鬧鐘啊！」白陽怒的跳起來，一把抱住鬧鐘又鑽回被窩，就像鱷魚出水吃人一樣。

鬧鐘的造型是綿羊的模樣，外觀還有絨毛罩著，摸起來軟綿綿的，很有治癒的感覺。但它發出來的聲音卻是老鼠的吱吱叫，簡直就像崩壞了一般。

白陽不知冰川是從哪裡買來這天殺的東西送給他的，但這鬧鐘確實是滿能叫醒他的沒錯，每天早上都讓他不得不吐槽一次。

白陽又陷入沉睡，打盹的在被窩裡將自己縮成一團。他的懷裡則抱著小綿羊鬧鐘，準備在鬧鐘又響起時能立刻關掉它，畫面看起來卻像極了「大羊抱小羊」，挺溫馨的。

地點依然是在這個T島——T島依然是鬼島，什麼也沒變。

身為環控員的白陽是環控聯盟的一分子，另外兩個勢力則分別是蒼神與太陽院；魔物依然每晚都會出現，到處破壞使環境係數下降；鬼島氣場也依然籠罩著整個T島，讓白陽和冰川每晚都必須例行的出勤。

唯有一點稍稍改變了，那就是蒼神的女兒回去了。

現在的T島處在一種百業待興、萬物即將復甦的氛圍之中。先前因為蒼言失蹤，T島一片頹靡，如今隨著她的回歸，絕望變成了希望，人民又重新振作起來。

白陽窩在被子裡，以坐著的姿勢睡得正香，卻突然遭到一記飛踢。

某人闖入了他的房間朝他飛踢而來，並拿起手中的鍋鏟就開始敲鑼打鼓。

「懶羊起來了！起來了！起來了！該起床了！」

長髮少女——冰川展現著她那無人能及的朝氣，以泰山壓頂的方式要叫她的搭檔起床。隨著修長的美腿在窗邊一掃，敞開的窗簾立刻讓刺眼的陽光透進來，頓時清除所有令人嗜睡的氛圍。

但對白陽來說，這仍然太小 case，他安全的躲在被窩裡，根本察覺不到外頭光線的變化。且他一旦想賴床，根本沒人拿他有辦法，雖然被冰川踢到的那一下讓他滿肚子怒火不知該往哪燒，但那股怒火竟能被他的懶勁化為睡意，臉一趴到床上就又昏睡過去，發出豬叫的聲音。

「懶羊，吃飯了啦，都快十二點了你還一直睡！」少女在白陽背上打滾，用手肘及身體各處企圖弄痛他，「起來了！太陽晒屁股了！」

她穿著圍裙，似乎是煮飯煮到一半時跑來的。見白陽一直沒有動靜，她嘿的一聲往前翻筋斗，雙手一撐，撐在白陽的後腦上就呈現倒立姿勢，落下的群襬使得姣好的大腿露出得更多，好像在表演特技一樣。

白陽的臉埋在床上，被重壓得喘不過氣來。他開始掙扎，最後終於清醒了，「嗚……誰……誰啊——！」他怒吼出來，甩掉了冰川的倒立壓制。沒想到冰川就這麼弓著背彈起，哈哈一聲跳坐到他背上，坐得他差點吐血。

「妳這個白痴到底在幹什麼啊！」白陽大吼。

「叫你起床呀～」

「這是哪門子的叫法啊——滾啦，我的脊椎都快被妳坐斷了！」白陽掙扎著哇哇大叫，才好不容易讓冰川從他的背上離開。

很好，他總算醒了，比昨天還早了十分鐘，冰川的叫床新招果然有效。

客廳裡的沙發上，白陽躺得很邋遢，吃著冰川煮的麵條當早餐，懶洋洋的就用腳趾頭打開電視。

出現在螢幕上的不是別的，正是環控聯盟總部被人群包圍的畫面。

這新聞已經持續播報了兩、三天，是近期最發燒的新聞，有關環控聯盟被包圍抗議的事。對此白陽一開始也感到訝異，但現在已經麻痺了。然而，想起了昨晚地區主任的訓話，此刻他還是有一些想法。

事情是這樣子的，先前就傳出聯盟內部有內奸、會長大動作在調查的事。沒想到這一查卻查出了許多內幕，原來組織這半年來一些失敗的計畫和失敗的作戰行動，竟然都與這名內奸有關，會長因而震怒。

會長可是T島的「魔鬼」，他一震怒，聯盟裡大大小小的成員都得「挫著等」。他下令要徹底清查整個聯盟，抓出這名內奸，以及說不定還有更多的內奸。

如此雷厲風行之下，組織的各個部門是人人自危，好像籠罩在什麼白色恐怖裡一樣，何時會被會長的整肅部隊抓走都不知道，氣氛變得戰慄恐怖，曾主任甚至也坦然的說，他曾在會議裡被嚇到閃尿。

因此，環控聯盟的內部可說是已經陷入了混亂之中，從上到下各個部門都疲於在捉內奸、自我澄清，所以在正事上——所謂的監控環境係數、保護T島和平——當然也就無法做好，連日以來已經出了許多紕漏，甚至在監控係數上也出現了怠惰、部門鬆散的情況。

基於以上這些，第一個受到影響的自然是人民。例如，這週因為係數監控不穩的關係，魔物大量出現，全島已經死了將近一百個人，堪稱是近十年來最慘的一次。所以人民自然怨聲載道，以至於後來大規模的包圍了環控聯盟總部，控訴他們間接殺人、要他們還出一個公道。

然而，這只是其一。會讓人民上街頭還有另一個原因，那就是聯盟與太陽院之間的紛爭。

自從正宗上人提出「一鄉一寺廟說」後，太陽院便開始積極擴張地盤，和聯盟的關係也因此撕裂。

不管是對太陽院還是對環控聯盟來說，地盤都是一個最重要的概念。為了維持勢力，地盤是最不可以丟失的。因此兩方在這上面當然互不退讓，即使激起衝突與摩擦也在所不惜。

總而言之，T島三大勢力之一的環控聯盟現在吃大虧了，不管是內奸案還是頻頻被太陽院占地盤，原本站得最穩的他們，現在反而是動盪得最激烈的一方。

「抗議抗議，抗議，抗議個不停～」白陽撐著臉懶懶的說道，持著遙控器不管轉到哪一頻道都是一樣的畫面。

然而，媒體會這樣大幅報導，似乎也是理所當然的事。畢竟抗議什麼的、上街頭什麼的，在T島可都是非常非常罕見的事，真的非常罕見。

白陽第一次在電視上看到這個新聞、看到總部被包圍時，他可是徹底愣住了，之後甚至還和冰川一起跑去現場圍觀。

因為——T島人民普遍對自己的權益冷漠。在白陽擔任環控員的這些年間，他的轄區可從未出現過任何集會遊行，或者陳情抗議的群眾。唯一一次被曾主任叫去幫忙維護，也已經是好久以前的事了。

當時白陽看著電視，伸手將眼屎揉乾淨，一臉傻眼的就問：「冰川，他們的確是在舉牌抗議沒錯吧？」

冰川點點頭，也是一副驚訝的樣子。

「哇靠，這鬼島怎麼了啊！什麼時候人民變得這麼熱血了！」

T島的人民長期被三大勢力罷凌、欺壓，且魔物肆虐，每天都生活在恐懼之中，甚至還有宵禁這種規定，連晚上都不能出門。因此人民早已被養成了奴性，遇到不公平的事情也只會乖乖認命，沒有人肯出來發聲，對於自己的權益普遍漠視——所以這真真切切、確確實實是白陽第一次看到人民上街頭，過去可從未發生過這種現象。

此刻電視畫面上，即使已經是第三天的抗議行動，面對憤怒的群眾，聯盟總部的警衛們依然是亂成一團，絲毫沒有比前一天長進。

但這也不能怪他們，畢竟他們從未處理過這種狀況。這並不同於入侵者來襲，包圍大樓的全是手無寸鐵的民眾，他們總不能動起拳頭來。

而「魔鬼」，依然沒有出面。

「我覺得他根本懶得管這種雜事。」白陽幸災樂禍的說道：「說不定他根本不知道有人抗議，要是知道，以他的個性還不捏死他們嗎？」

「但他們都在他家前面抗議了，他會不知道嗎？」冰川問。

「他家？」

「就聯盟的總部不是？」

「別傻了冰川，『魔鬼』哪有可能真的住在那裡啊！妳看蒼神本人有住在他們鐵路公司總部嗎？」

「對喔。」

總之，對於這些事雖然媒體一直窮追猛打，「魔鬼」方面卻還沒有任何官方說法，好像打算擺爛一樣。

「咦，羊你看，那個人又出現了！」冰川突然指著螢幕。

抗議群眾的帶領者是個年輕人，這幾天他一直是媒體關注的焦點。但他只是一個普通的少年，沒有什麼特別的，看起來甚至比白陽還年輕。硬要說有什麼的話，大概就是他戴著一個哨子，總是嗶嗶嗶的吹著，領著眾人抗議環控聯盟；且他也曾甩動哨子抵禦警衛的逼近，使得眾人對他的印象已經與哨子畫上了等號。

總而言之，他就是抗議群眾的領導人，要說有沒有兩把刷子，或許是有的，否則不可能策動得了這麼多人。雖然他不是能力者，但看起來也具有某種強者的魅力及氣質，尤其他那金色的頭髮以及叛逆的眼神可是令許多女孩心醉神迷。

見冰川看著電視裡的那人看得那麼目不轉睛，白陽關掉電視，「好了，別看了，沒什麼好看的。」

「喂，我還沒看完呀！為什麼突然關掉？」

「沒什麼好看的啦！」白陽將遙控器踢到桌下去，這時才像突然想到什麼似的問冰川：「對了，那隻蠢熊呢？怎麼沒看到？」

白陽指的是那隻被冰川帶回家的巨斧泰迪熊。是的，牠依然還在他們家。

「喔，泰迪熊牠去買菜了。」冰川回答。

「什麼？！買菜？」白陽差點把眼睛瞪出來。

「對，牠現在變得很聽話，我在籃子裡放紙條和錢，老闆看就知道要放什麼進去，最後還會說：真是個聽媽媽話的乖孩子！」

「不是啊，這……」白陽的脖子爆出青筋，都不知道要從哪一點吐槽了，「妳讓巨斧就這樣提著籃子上街去買菜？？」

「沒有呀，我有讓牠戴帽子，還披了一件外套，看起來像小女生一樣唷！」

「妳瘋了！妳簡直有病！竟然讓巨斧泰迪熊去買菜！！」

白陽簡直快崩潰了，這隻泰迪熊已經不是「邪門」兩個字可以形容的了。從一開始被綁在浴室、一副凶狠的樣子，後來會看電視、會當冰川的跟屁蟲，現在竟然還會提籃子出門買菜……

牠到底是怎麼搞的啊？火星來的嗎？

「天吶……」白陽扶著額頭一副要暈過去的樣子，他真的很怕，他怕死那隻熊了！

冰川沒有回答，而是盯著已經關掉的電視螢幕，好像在想著什麼。

▶◎◀◎▶◎◀

晚上，出勤的時間到了。

白陽看了看窗外、朝樓下吐舌頭、挖了挖耳朵、拎著泰迪熊作勢要把牠丟下去，如此摸魚了一會兒後，再對照一下手中那監控係數的面板，看到上頭都是「ＳＳ」的數據，就大字一倒躺在沙發上，不想出去了。

「好，今晚就這樣囉，轄區安全無虞！」他開心的說道。

自從內奸案爆發後，曾主任就沒什麼在督導他們轄區的狀況了，要不要出勤變成了環控員們自己的良心問題，而白陽每次都待在家睡大頭覺，摸了摸自己的良心後也覺得挺踏實的。

他抱著枕頭在沙發上躺了一會兒，睜開眼才在想冰川怎麼還沒過來煩他，拉著他要一起出勤，就看到了冰川在廚房擦盤子的背影。

「喂，冰川！」等了一會兒他終於不耐煩的開口：「妳那盤子要擦多久啊？擦到都要破了啦！不是要出勤了嗎？」

冰川沒有回答，好像沒聽見他的話。

「喂，冰川！再不說話我真的要睡了喔！」

冰川還是沒回話，一副擦盤子擦到恍神的樣子。

白陽這才發覺不對勁，剛剛一起出去買東西時她就怪怪的了，且回家後她一直在發呆，進出了房間好幾次也不知道在做什麼，晚餐時碗筷也都沒有動到。

她的怪不只是剛才，也不只是今天，最近這一陣子她都這樣。在外頭的時候她是很活躍、很有精神，看起來很正常沒錯，但一回到家，就好像有什麼心事一樣，常常心不在焉的。

「冰川，妳幹嘛啊？妳在想什麼？」白陽問。

冰川頓了一下，欲言又止的看向白陽，最後卻只是搖了搖頭，一句話也沒說。

「喂，冰川，妳去哪啊？」

冰川停下腳步，對他投以一個微笑，一貫的微笑，「洗澡。」

有那麼一剎那，白陽知道那是假的笑容。但他立即否定這個念頭，心中湧起極大的不安感——畢竟，這個笑容和她一直以來的笑容並無差別。

「喂！」

看著冰川離去的背影，白陽抓了抓頭，完全摸不著頭緒。

沒出勤的夜晚顯得格外安靜，涼風從窗外吹進來，夾帶著一股不尋常的氣息。

但究竟是哪裡不尋常，白陽也說不出來。他屈坐在沙發上進行他的休息，鼻子裡所聞到的都是沐浴乳的香氣。

冰川在洗澡，要說今晚最不尋常的，大概就是沒聽見她哼歌的聲音。

「……冰川？」白陽發呆了好一陣子，然後才回過神的抬起頭。

他才在想冰川怎麼會洗這麼久，就發覺浴室的水聲已經消失了好一陣子。但冰川卻沒有出來，裡頭靜悄悄的一點聲音都沒有。

「冰川，妳在幹嘛？」白陽敲門，擔心她是不是暈倒在裡面。

「冰川？」

「冰川！」他的聲音轉變為急促，將耳朵貼在門上傾聽。

裡頭什麼聲音也沒有。白陽急了，轉了轉鎖死的門把，他後退一步，往前踢開門大喊：「冰川！」

浴室裡，光滑白皙的背部出現在白陽眼前，讓他差點煞不住而滑倒。

冰川一絲不掛的坐在浴缸邊緣，她抬起了頭，被白陽看見身體也沒什麼反應，只是靜靜的從旁邊拿了浴巾披上，又低下頭去。

白陽這才發覺她的眼眶很紅，他滿腦子的雜念頓時消失，就這麼以半滑倒的姿勢坐到地上，迎向冰川的臉問道：「冰川，妳……在哭？！」

接著他看到了詭異的一幕：在冰川的腳邊，有一條白色的東西在盤旋。它看起來像是一條白色管子，但動起來的樣子卻又像是蛇，就這樣在地面上不停轉著一個圈，頗像是有人用粉筆在畫圓一樣。

但重點是，它這轉圈的行為給人一種很大的威脅感，宛如旋轉的刀片一樣，讓人不敢靠近。

白陽立刻跳開來，「冰川，那是什麼？妳沒看到嗎！快走開啊！」

那條白色的旋轉蛇就在冰川的腳邊，白陽抓著冰川的手臂想拉她起身，但她卻無動於衷的坐著。

「羊，我是壞人吧？」冰川突然紅著眼眶問道，泛淚的眼眸看著白陽。

白陽突然什麼都不知道了，他甚至覺得自己不認識眼前這個人。在他的印象中，冰川是個樂觀開朗的人，無時無刻都帶著微笑，因此他根本不相信眼前這個聲音哽咽、表情悲傷的人是冰川。

「冰川！妳到底怎麼了？是誰欺負妳了？是這白色的蛇害的嗎！」白陽激動起來。

冰川抹了抹眼，「你先回答我的問題就好，你覺得我是好人，還是壞人呢？」

白陽愣了一下，眉頭皺得很緊。

他記得冰川問過這個問題，而且不只一次。對此他曾經存疑，但冰川卻從不告訴他為什麼要這樣問。如今看著冰川的眼神，他知道自己的回答事關重大。

「妳是好人。」白陽握住她的手，堅定的回答：「妳是我看過最好的人，這有什麼問題嗎？」

「是嘛……」冰川顯得有些喪氣。

「對，所以妳到底怎麼了？為什麼這樣問？已經好幾次了。」白陽心切的說：「而且妳的手好冰，我們去穿衣服了好嗎？」

冰川搖了搖頭，失神的說：「我做了很多壞事，我已經……走不下去了。」

此時，牆壁上又出現另一個粉筆白圈圈，像有生命般的沿著圓的軌跡轉動，宛如要變出一個黑洞來，讓整個空間的氛圍變得更有威脅感。

「妳說走不下去是什麼意思啊？說清楚啊！」白陽一下子吼出來，恐懼道：「從下午開始妳就怪怪的了！這幾天妳都怪怪的！」

真正讓白陽氣憤的是，她到底在他看不到的地方發生了什麼事？他這才發現自己對冰川的關心太少，一直以來只看到她光明燦笑的一面，而從未真正關心過她。

他突然很氣自己，覺得自己是個好吃懶做的自私鬼。如今冰川所說的走不下去是什麼意思？難道她得了絕症了嗎？收到醫院的通知單了嗎？什麼時候的事？

難怪她最近一直悶悶不樂。白陽最這輩子最怕的事情，其中一項就是生病。一旦生病，就算是在休息狀態也很難受，更何況是生重病，那根本這輩子都不可能再有身心都舒服的時候了。

「妳放心啊冰川！」白陽一手摟住冰川，悲憤激昂的說道：「就算是絕症，我也會陪妳到永遠的。我們要一起醫好它，然後辭掉這該死的工作不要做了！」

冰川揉了揉眼，「……你在說什麼啊？」

第三個粉筆蛇轉圈圈怪出現，似乎預告著將有什麼事發生。冰川微張開嘴，恍神地站起，彷彿受到了什麼引導似的，披著一條浴巾就往門外走去。

「喂！冰川！喂！妳要去哪裡啊！」

「羊，對不起，我做了很多錯事。」冰川背對著白陽說道。

「妳到底在說什麼啊！」

「已經不重要了，因為接下來會變得怎麼樣，我也不知道了。」冰川拭去了兩頰的淚水，就這樣站定在陽臺前，「因為，他來了。」

白陽又向前跨了一步，然後愣在原地。

那三條白色的管狀生物咻地從他耳邊竄過，飛往它們的主人——在陽臺圍牆上，一個男人側坐著，黑色的風衣僅僅披在他身上，雖顯單薄卻一點風也灌不進去；在他的耳際邊，更多的管狀生物繞著圓打轉。

他黑色的瀏海隨風飄逸，底下的表情卻冷如冰水；他的眼眸灰撲撲的，一點情感都沒有，無神的嘴唇抿成了一線；即使五官與冰川相似，卻也讓人一看就明白，他的個性絕對和冰川相反。

「為什麼不回信？」毫無起伏的冷漠聲音傳來。

冰川呆站著，臉上除了呆滯外就只有恐懼。就算已經知道他會來，親眼看到他時，她還是震懾在原地。

「回答我。」男人用命令的語氣說。

冰川顫顫巍巍的前進一步，在白陽出聲之前，用嘴唇擠出了一個字，瞳孔縮成絕望的大小——

「哥……」

02

什麼！冰川是兇手？

帶著涼意的夜晚，落地窗內，白陽和冰川站著；落地窗外，一個黑髮男子坐在陽臺圍牆邊緣，看似隨時會掉下去，也看似隨時會飛走。

他的眼眸冰冷、無神，一點情感也沒有，白陽無法想像，究竟是怎麼樣的環境才能造就出如此人格。更令人不解的是——他是冰川的哥哥。

「冰、冰川，原來妳有哥哥嗎？」白陽吃驚的說道。

冰川沒有回答，而是怔在原地，好像失了靈魂那樣。而那名男子依然坐著，以一股寒徹人心的沉默在等待冰川的回覆。

白陽頓時明白，他沒有插嘴的餘地，這是只屬於他們兄妹的時間。

「哥，我……對不起……」冰川流下眼淚。

「為什麼不回信？」男子冷漠的問。

「對不起，但是我……已經沒辦法再遵從你的要求了。」

男子擺了一下頭，「妳的意思是，妳要拒絕我嗎？」

冰川畏懼的縮了一下。

「妳好大的膽子。」男子平靜的說。

語一斷，那盤旋著的管狀生物立刻咻的一聲飛過來，在冰川潔白的大腿上畫出一條血痕。

傷口雖淺，鮮紅的血卻大面積的流了出來。

白陽愣得無法言語，腦筋一片空白。他無法想像，這難道是一位做兄長的在懲罰自己的妹妹嗎？為什麼能這樣？怎麼可以這麼做！

「妳竟敢拒絕我的要求，連信也沒回，妳翅膀硬了是嗎？」男子繼續用平靜的語氣說著，卻字字句句透出一股令人戰慄的威脅感。

「對不起，哥，但我已經……無法再繼續下去了！」冰川哭喊出來，雙腳跪在地上道：「我已經做下太多的壞事了，我不想再這麼做了！」

男子依舊面無表情，他的手指一勾，身旁所有的粉筆寵物立刻都飛向冰川，盤旋飛舞——月光下，鮮明的顏色四濺，是一種冰冷而淒美的紅。

「住手！妳想殺了她嗎！」白陽發瘋似的摟住冰川，壓住她身上的傷口，「你不是她哥哥嗎！你到底在做什麼！」

剎那間，白陽看到了男子的瞳孔迸發出殺意，但最後他只是偏了一下頭，「這就是妳的搭檔吧？他肯定不知道妳做了什麼事對吧？」

聽他這麼一說，冰川好像被敲醒一樣，驚慌的往男子腳邊匍匐而去，「哥！求求你，是我的錯！不干他的事啊！求求你了，哥！」冰川大哭出來。

「哼。」男子擺開腳，冷冷地說：「既然敢忤逆我，後果妳就自己看著辦吧。」

「不！我錯了啊，哥！拜託你原諒我！」

面對這樣哭成了淚人兒的冰川，照理講任誰都會不忍心。但男子卻只是高傲的抬起下巴，一手拎起他的風衣，縱身一躍便消失在夜色之中。

「冰川！」白陽大吼，看著冰川癱倒在地，他的心都涼了，「冰川振作一點啊！」

冰川全身都是傷痕，雖然大部分已經結成血塊，卻還是慘不忍睹。白陽難過得都不知道該怎麼說了，他將她抱進房間裡，匆忙地拿出醫藥箱，卻不知該從哪裡替她療傷。

擦藥的過程中，冰川也不喊痛，只是安靜的盯著窗外，似乎還在想著哥哥的事。對此、對這一切，白陽一頭霧水，撇除冰川竟然有個哥哥不論，他是第一次看到冰川哭、第一次看到冰川哀求的樣子。今晚冰川所表現出來的一切，已經遠遠超過了他以往對她的認識。

「冰川……」白陽小聲的喊了一句。

冰川的哥哥到底是誰呢？為什麼會這麼冷酷？為什麼會傷害自己的妹妹？而且為什麼冰川從未提過她有一個哥哥呢？

最重要的是，他到底要冰川做什麼？為什麼冰川會說她走不下去了？

他們提到了「回信」，白陽倒是想起自己的確曾數次看到冰川在寫信。如今想來，她最近老往房間裡跑，可能就是在猶豫該如何處理哥哥寄來的信。

但那到底是什麼信呢？

「冰川，可以告訴我嗎？」

「……冰川？」

冰川睡著了。

「可惡！」白陽敲了一下自己的腦袋，覺得煩躁至極。

但在看了一眼時鐘，又看了一眼冰川閉上的眼睛後，一股深深的疲倦感從他的心底深處釋放出來。

他累了，也懶了，即使發生了這麼多事，休息仍是他的最高原則。於是他替冰川蓋上了被子，關掉電燈，準備回房，但卻又不放心的徘徊了一下——最後他拖了自己的被子來，在冰川身旁窩下。

他隱約明白，要是他今晚不陪著冰川，冰川很有可能永遠都不會再笑了。

▶◎◀◎▶◎◀

「羊，我是壞人。」

隔日一睜開眼，白陽就看見冰川跨坐在他身上，劈頭就是這麼一句。

白陽先是恍神的揉了揉眼，然後才看清楚眼前的冰川——先別提她噘著嘴一副淚目模樣，光是衣衫不整、纏著繃帶的樣子就讓他胃部一陣痙攣。

「妳這混蛋在做什麼啊！」白陽怒叫出來，拿起枕頭就丟向她，卻也是在掩飾自己有點微微紅起的臉頰，「妳太誇張了，去給我穿衣服！」

「但是，我有事情要跟你說……」

「我不聽！妳不要坐在我身上我起不來啦！」

冰川一副受傷的樣子，「羊，你幹嘛啊？我好不容易鼓起勇氣要把秘密都說出來，我可是下定了決心……」

「誰管妳什麼決心！快去穿衣服啦！」白陽忍受不了了，將被子掀起蓋在她頭上就一溜煙離開房間。

相較於昨天那失魂落魄的模樣，冰川顯然是恢復了精神。能恢復精神是很好，但白陽可受不了她的神經大條。

「羊，我有很重要的事情要跟你說，很重要。」將儀容打理好後，冰川對著白陽說道，一副殷切的表情。

白陽喝了一口水，淡定的說：「我當然知道很重要，昨晚妳哥可把我嚇壞了。話說妳的傷口還有再流血嗎？」

「沒有了，復原得很快。」冰川翻了一下衣服，「所以紗布是你幫我貼的嗎？」

「……對。」白陽喝著水，雖故作無事，卻恨不得把自己整個人都塞進水杯裡。

「我哥叫做冰芥，是我從小相依為命的哥哥，也是照顧我長大的人。」冰川突然開始說起她和哥哥的事情：「我們從小父母就不在了，我甚至記不得他們長怎樣。所以我們很早就獨立了，為了生存下去……我能有今天的成就，都是哥哥的教導。」

「妳哥是不是對妳不好啊？」白陽皺眉問道。

「沒有！他沒有對我不好！」冰川急著否認，表情卻變得失落，「他是我唯一的哥哥，是我最親的人。」

「妳騙鬼喔！最好沒有對妳不好啦！昨晚我從頭到尾都在場，我可沒見過哪個做哥哥的人會這樣傷害自己的妹妹，他根本超恐怖的！」

「我不知道。」冰川的臉色沉了下去，沒有再否認，「但他是我唯一的哥哥，是拉拔我長大的人。」

之後聽冰川娓娓道來，白陽才知道，冰川與她哥哥之間有一種複雜無比的關係。是兄妹甭提，但是卻又帶有一種「主僕」的感覺，有時候更純粹是一種「命令者」與「被命令者」的關係。

冰川是哥哥帶大的，從小他便對她施行斯巴達式的教育，激發她的潛能；且他是絕對的結果論者，做對了不一定會有獎賞，但做錯了一定會有懲罰，所以冰川從小就飽受皮肉之苦。

因此雖然是兄妹，冰芥對冰川卻毫無仁慈可言。他訓練她，他的信念很簡單，既然要在這座惡劣的島嶼上生存，就必須要有徹底的覺悟。這點磨難是最基本的，沒什麼好說的。

然而有時冰川仍會身心受挫，她時常搞不懂冰芥是否對她存在著一份感情。他總是面無表情的說出殘酷的話，用那些銳利的粉筆寵物割傷她，但卻又在懲罰過後替她療傷、擦去她的眼淚要她不准哭；更別提她數次被他放逐在外自生自滅，卻又每每在生命垂危之際，睜開眼皮時看到自己被他抱在懷裡。

「我覺得妳哥根本有病！」白陽說道：「這已經算是家暴了好嗎？到底有哪個哥哥會這樣對待自己的妹妹啊！鬼島再怎麼惡劣，也不至於要把妳當成狗訓練吧？他根本是個神經病！」

「因為我哥他不是個普通人……」冰川沉默了一下說：「我哥一直有個信念，從小就有個矢志不移的信念，那就是──他要終結這個已經失控的國家。」

「他根本瘋了！」白陽不可置信的說。

「他沒瘋，只是我們不了解他。」冰川說：「所以你就會知道，他對我這麼嚴苛不是沒有原因的，因為他對他自己也一樣。」

「所以我才說他根本瘋了啊！他到底想怎樣？要把你們訓練成超級特務兄妹嗎？」

冰川的臉色沉了下去，「羊，你說對了。」

「蛤？」

「對不起，我做了很多錯事。」冰川捂住了臉，「我做了很多不可原諒的事，我背叛了組織。」

白陽頓時茫了，「……妳說，背叛組織？」

「對。」冰川握緊拳頭，痛苦的喘了一口氣，「曾主任一直在說的，還有最近組織一直大動作在找的那名間諜，就是我。」

白陽和冰川乍看之下是聯盟最低階、最基層的環控員，但事實上他們的身分卻能讓他們接觸到一些常人所不能接觸的東西；尤其他們又身懷異稟，要搞出什麼驚天動地的大事，絕非什麼難事——總而言之，是的，最近鬧得沸沸揚揚的那名間諜，組織高層一直在找、「魔鬼」一直在找的環控聯盟的那名間諜，就是冰川。

冰川數次竊取了聯盟的機密資料，是半年前那起大宗個資外洩案的凶手；而且她還出賣了曾主任，在多次的考察會議中讓利給對手，使得聯盟在中部的擴展一敗塗地。

先前聽別人的傳聞、甚至昨天聽曾主任的訓話時，白陽都還一直無法體會、無法了解所謂的內奸究竟是做了什麼具體的背叛行為，此刻聽到冰川的自白，白陽才猛然明白聯盟會這麼全力清查內奸不是沒有原因的，冰川的這一連串行為已經嚴重危害到了組織，是屬於國安等級的間諜。

更別提她最令人無法原諒的是，她正是近期那起聯盟分部爆炸案的凶手！

「妳……」

白陽驚駭地吸了一口氣，腦袋一片空白。

看著眼前的冰川，再想起以往微笑著的她，他已經不明白這個人到底是怎麼一回事了。那是一種被欺騙的感覺，這個在他身旁總是少根筋、樂觀過度的搭檔，竟然就是最近鬧得天翻地覆的那個間諜！

從以前他就一直隱約感覺得到冰川在隱瞞什麼，現在才知道竟然是這樣！冰川是內奸、冰川就是聯盟的內奸——白陽的額頭冒出冷汗，再次感覺此刻的冰川和那以往那個微笑著的冰川完全脫鉤。

「羊……」

「不要跟我說話！」白陽摀住耳朵說道，即使冰川在哭。

他已經不知道該如何面對眼前這個人了，光是看到她的臉他頭就痛。

「羊，你聽我解釋啊！」冰川抓著白陽的手搖晃，表情極為悲傷，「我也不是願意的啊，若不是哥哥逼我……」

「就算是他逼的這種事能做嗎！」白陽怒吼。

「所以你不了解啊，我和哥哥……就是這樣的關係……」

冰川這一連串的背叛聯盟的行為，都是冰芥要求的。在冰川長大之後，小時候的訓練終於有了體現的機會，冰芥便將冰川當成棋子，逼她做許多她不願意做的事，也就是後來進入環控聯盟後，這已經不知道持續了多久的洩密行為。

對於冰芥的要求，冰川根本不敢反抗。冰芥對她的支配力，已經到了白陽無法想像的境界。他對她而言不只是兄長，而是必須絕對服從的存在。

那些信，就是冰芥用來指使冰川的工具，裡頭寫著的都是要她如何竊取組織機密、破壞組織計畫的事，如此來往反覆大概也有上百封了。

冰川根本違抗不了，甚至連想都不敢想。冰芥就是她的一切，她無法違抗他，也沒有能力做到逃離他。然而直到最近，一個念頭一轉，她做出了她以往從未想過的事——

她撕毀了冰芥的信，頭一次她拒絕了他。

在被冰芥逼著，進行了那令人髮指的恐怖行動──在炸毀了聯盟的分部大樓後，冰川便發覺自己無法再這樣下去了。她的身心飽受罪惡感折磨，這些從不是她自願的，她根本從沒想過要傷害誰。

所以，她的一切糾結及掙扎便濃縮成了她告訴白陽的一句話──她走不下去了。

「我燒掉了信，因為……我已經不想再繼續下去了……但是，他果然來了……」說這些話的時候，冰川在發抖，「從小到大，我第一次……第一次這樣違抗他……我好怕他，我不知道……他會怎麼樣……」

是的，在遲遲未收到冰川如以往一樣所寄來的回信後，冰芥來了，就在昨晚。

雖然他最終並沒有做什麼、雖然這個難關暫時度過，但冰川害怕的是，頭一次被拒絕的冰芥，不曉得之後會採取什麼報復行動。

「我覺得奇怪的是，妳哥到底為什麼要這樣逼妳？他在執著什麼？他到底想幹嘛？」白陽納悶的問。

「我不知道，真的不知道。」冰川憔悴的說，眼角還淌著淚。

「最好是不知道啦！他要妳竊取組織的人事資料欸！還有那起恐怖攻擊也是他要妳做的不是嗎？除非他是神經病，不然沒事要妳做這些幹嘛！」白陽直白的說：「他到底是什麼人？他是蒼神的人嗎？還是太陽院的人？他到底是為了誰在跟環控聯盟作對？他叫妳拿那些資料要幹嘛？妳懂我的意思嗎！」

白陽的意思很明確，冰芥會叫冰川做這些事，且自己也涉入，一定是有原因的。且這個原因絕對不單純，否則不可能連炸毀分部大樓這種過分的事都做得出來——白陽想來想去，這個T島上足以成為他靠山的強大勢力只有兩個，一個是蒼神，另一個就是太陽院。

但冰川卻搖頭說：「不可能的，我哥不可能會和蒼神或太陽院有關係。他一直都只有自己一個人，他是一匹孤狼。」

「那妳倒是說出一個道理啊！妳為他做了那麼多傷天害理的事，難道不知道這一切的目的是什麼嗎？這不是太荒唐了嗎！」

「對不起，羊……」冰川沮喪的說：「我明白你的意思，但我真的……真的不知道他的目的。從小到大他叫我做什麼我就做什麼，我從來沒膽過問，甚至連揣測都不敢。而我哥……他也從來不會告訴我他的事情。」

「……」白陽感到難以置信。

若有人逼他做許多他非常不願意的事，且做了好久、甚至是好幾年，然後他完全不知道自己做這些事是為了什麼，他才不可能會接受咧！

換作是普通人也不可能接受，更別說是懶散成性、絕不可能做白工的他了。只要一想到冰川被人利用得那麼徹底，損失了成千上萬的「休息時間」，他就快要瘋了。

「我已經……已經不知道該怎麼說了，妳根本是個白痴！」白陽捂住額頭，「妳會被妳哥害死，妳替他做了那麼多壞事，要是最後被抓到，難道他會替妳承擔嗎？更別說妳所做的那些壞事可是會要妳命的啊！妳忘了我們的會長是什麼樣子的人嗎？」

冰川的臉色沉了下去。

「算了，我最後再問一次，妳哥到底和蒼神、太陽院這些勢力有沒有關係？如果和他們有關，說不定他們還會保護妳。」

「沒有。」冰川很篤定的搖頭：「我很清楚我哥的個性，他最討厭的就是島上這些勢力。」

「那妳完蛋了，到時妳這個內奸要是被揪出來，根本沒人能保妳。妳最好祈求妳那個變態哥哥能夠來救妳，但說不定他會比妳先被抓起來！」

「……」

「你們這對兄妹真是夠了，哥哥不知道自己在做什麼就算了，連被使喚的妹妹也不知道自己在做什麼，然後還將事情搞得這麼大條！」

「我不認為我哥不知道自己在做什麼。」冰川突然說道，她擦了擦眼淚，露出深意的表情，「或許我不清楚我哥這些行為背後的意義和目的，但我知道他一直有個信念，是從小時候起就存在的終極信念——他要終結這個已經腐朽的國家。」

剎那間白陽愣住了，他在冰川眼裡看到不一樣的光芒，那光芒讓他聯想到了冰芥灰色的眼眸、回想到了許多許多事。甚至他懷疑那光芒是由他自己的瞳孔所映照出來的，因為有那麼一瞬間他感覺到，在他心裡有某個沉睡已久的區塊被這句話引起了共鳴。

但最後他只是用手撐起下巴，懶洋洋的說道：「妳哥根本是個神經病！」

太陽已經高高升起，白陽不敢相信他們的這番談話竟然花掉了整個上午的時間。巨斧泰迪熊穿著圍裙從餐桌旁走過，手上端著冰川常煮的玉米濃湯，要給他們當早午餐。

白陽怒拍了一下桌子，卻因為吐槽點太多，而不知道要怎麼吐槽了。他順手拎起掛在泰迪熊耳朵上的香蕉皮，想起了一定是昨晚牠栽進垃圾桶裡做資源回收時黏上的。

這隻泰迪熊真的沒救了，用通人性都不足以形容了。趁著吐槽點多到不知該如何吐槽的心情，白陽想起了不知是誰曾說過：這年頭連熊都以為自己是人了！

「吃吧。」白陽說道，拿起湯匙就舀一口湯到嘴裡。

味道不錯，簡直和冰川煮的一模一樣，想不到這隻巨斧泰迪熊已經偷偷把冰川的手藝學起來了。

「……」但冰川卻什麼動作也沒有，她的眼角還泛著淚，就這麼看著白陽。

白陽一度懷疑她是故意擺出這種楚楚可憐的姿態想得到他的安慰，但他沒理她，只是一口又一口的喝著湯，甚至連一眼都沒有看她。因為他已經不曉得該怎麼面對她了，此時雖然平靜喝湯，他的內心卻是糾結痛苦的。

他不曉得該怎麼面對眼前的這個「叛徒」。他的心情很複雜，他覺得憤怒、覺得生氣，但卻又覺得沮喪、悲傷。

她是冰川，是他最好的搭檔；但，她也是叛徒。

組織正在全力追查這個叛徒，要是被抓到了，她會變得怎麼樣呢？他又要怎麼辦？撇除這些不論，光是現在他就已經不知道該拿她怎麼辦了。他當然不可能去通風報信，可是現在外頭正在大肆追緝的叛徒，就坐在他面前和他住在一起啊！

「吃啊，做什麼？」白陽終於忍不住說，他將碗推到冰川面前。

「羊……」

「不要叫我，快吃！」白陽拿起湯匙替她盛湯。

「羊，你覺得……」

白陽怒拍了一下桌子，摔下湯匙，東西也不吃了，站起身來一句話也不說就衝回房間。他大力地關上門，氣沖沖地吐了好幾口悶氣，然後靠著牆坐下來，眼裡只剩氣餒及沮喪。

「冰川這個騙子！叛徒！」他低聲罵道。

細想這一年多來所發生的那幾件大事，再對照冰川的陳述，就能很明確的知道她到底有多對不起組織……白陽無力的往旁邊一倒，有股想哭的衝動。

一股深深的疲憊感自手心釋放，白陽閉上眼，決心不去聽門外的動靜，就這麼沉沉睡去。

03 芙蕾兒女王的玫瑰領域！

「叮咚。」

「叮咚叮咚。」

門鈴的聲音將白陽吵醒。

他揉著眼睛從房間走出，才在納悶會是誰在這個時間按電鈴，就看到冰川傻傻的站在門前。

「冰川？」白陽皺起眉，敏銳的察覺到有什麼不對勁。

從大門上的圓孔窺視外頭後，白陽怔了一下，額頭冒出冷汗。

他驚懼地看向冰川，示意她趕緊躲到衣櫃裡去，可是一切都已經來不及了——從門鎖中突然有一枝玫瑰花被推出來，無聲的掉到地上，誰也想不透它是從哪來的。

但，門鎖就這樣被打開來了。

卡噠一聲後，門緩緩的敞開，一群黑衣人出現在眼前。

「……」

「……」

是的，他們便是由聯盟總部所派出，前來緝拿冰川的特別軍隊。

白陽根本沒想到事情會發生得這麼快，明明他才剛知道這件事而已，冰川的內奸身分竟然就曝光了？！

「瞧你們的表情，應該知道是什麼事了吧？」走在最前方的男人不懷好意的說道。

白陽後退一步，故做鎮定的抓抓頭，「你們在說什麼啊？呵呵，突然來了這麼多人，我要報警喔！」

「哼，事到如今還想裝傻嗎？」男子拿出了一張像是通緝令的東西，附著許多極有威脅感的文件，宛如每一張上頭都寫著「鐵證如山」。他說：「你們好大的膽子，竟然敢背叛組織。現在中區分部爆炸案的調查報告也快出爐了，你們還想狡辯嗎！」

「我……」白陽啞口無言，他退了好幾步，然後突然指向隔壁驚叫：「哇，一大堆的香蕉！」

「哪裡？」眾人都轉頭望去。

白陽趁機拉著冰川就迅速跑走，只聽後方傳來「混蛋！被騙了！」的怒罵聲，他已經砰的一聲關上了房間的門，並鎖上門鎖。

「哼，你們以為這是在玩捉迷藏嗎？還是根本腦袋秀逗，以為躲在這裡就沒事——哇啊啊啊啊！！」

男子的慘叫聲從門後傳來，只聽劈里啪啦的聲響大作，伴隨著濃濃的燒焦味，然後男子就倒地了。

「嘿嘿，知道厲害了吧？」

此時的白陽已成了「電羊」狀態，早在進房之際他就已經拿出了他的墊板，並且啟動了他房間的「絕對防禦」。

白陽房間的門和牆被他改造過，增添了毛茸茸的布絨，能夠容蓄電力。因此只要他灌輸靜電，它們就會變成高壓電牆，讓任何人都進不來房間——這是他之前為了多睡懶覺所設計的，沒想到如今卻派上用場。

「很好，現在他們暫時進不來了。」白陽說道，卻緊張到滿身大汗，「但這太奇怪了啊！妳是間諜的事，為什麼他們會知道啊？雖然最近聯盟大動作在查，但妳不是已經隱藏了一、兩年都隱藏得很好了嗎？為什麼我一知道這個秘密，他們就知道了啊？」

白陽其實是想解釋，自己絕對沒有洩漏冰川的事，但冰川卻直截了當的說：「是哥哥出賣了我。」

白陽愣住，「啥？妳哥？」

「對，他出賣了我，將我是內奸的事洩漏給聯盟。」冰川表情平靜道：「這是他對我的報復，是對我背叛他的懲罰。」

「妳的意思是說，只因為妳不想繼續幫他做事，他就出賣妳？！」白陽吃驚道：「他有沒有搞錯啊，這可是會要妳性命的欸！他也未免太小心眼了吧！不，這根本不是小心眼的問題了，他根本……他根本是個神經病啊！妳是他妹妹欸！」

「我比較在意的是，現在連你都被牽扯進來了。」冰川用沉重的語氣說道：「我哥不知道在想什麼，竟然連你一起拖下水。」

「什麼？！妳的意思是……連我都被當成叛徒了！？」

白陽這才發覺，剛才那些黑衣人的語氣，的確對他和對冰川是無差別的。明明冰川才是叛徒，他們卻沒有針對她，而是一副要將兩個人都抓起來的樣子。

「天吶，怎麼會變成這樣！」白陽覺得晴天霹靂，「我明明什麼也沒做啊！為什麼要揹這種必須死一千次的黑鍋！」

「羊，對不起……」

「都是妳害的！不要跟我說對不起！都是妳害的！」白陽失控地揪住冰川，「妳這個混蛋，到底為什麼要做那些蠢事！都是妳害的！」

白陽窮極一生都在追求簡單輕鬆的生活，「最小勞動原則」、「休息原則」、「絕對不要麻煩原則」等等都是他人生最重要的理念。但兢兢業業努（偷）力（懶）到現在的他，竟然惹上了這種超級無敵麻煩事。這簡直就像省吃儉用多年，一塊錢一塊錢的儲蓄，最後卻直接被騙了一千萬一樣！

「不！還來！把我的一千萬還來！妳這個混蛋！」白陽搖晃著冰川的肩膀。

「冷靜點，羊！」

「還來！我的一千萬！嗚嗚，我這一生啊！」

「羊，拜託，噓！」冰川突然捂住了白陽的嘴巴。

只見她一手比向窗戶，房間內安靜下來，白陽看到了窗外有個莫名其妙的小女孩走過去。

她啦啦啦的哼著歌，一手提著花籃，十分高興的在那裡撒花，還一面轉圈跳舞，一副興高采烈的樣子。

但重點是，白陽和冰川住的地方可是十樓！窗外是直通地面，出去就摔死了，根本沒有地方可以讓她跳舞！

「啦啦啦啦啦啦～～魔魔大人是愛我呢，還是不愛我？」她的歌聲伴隨著花香傳進來，好像踩在什麼隱形地面上跳著舞。而且她撕著手中的玫瑰花瓣玩著花占卜，嘴裡一邊唸著：「他愛我，他不愛我，他愛我，他不愛我……」

「冰川，這個人不單純！」白陽明顯感覺到了一股強者的氣勢。

小女孩在此時已經走出了窗戶能見到的範圍，接著房門外發出了咚的聲音，顯然是她從客廳的窗戶進來了這間房子——白陽頓時瞪大了眼，和冰川面面相覷。

「芙蕾兒大人！」門外傳來了眾人的聲音。

「他們呢？」

「在房間裡面。」

「為什麼不把他們抓起來？」

「呃，因為……」

白陽和冰川退到了牆邊，覺得非常不妙。

只見那扇附滿了高壓電、被鎖死的門顫動了一下，一枝玫瑰花離奇的從扁型門鎖中被推出來——就和剛才大門的情形一樣，鎖就這樣被解開來了，門應聲而開。

「哎呀哎呀，兩隻小老鼠躲在這裡啊。」詭異的小女孩走進房間，臉上帶著深意的笑容。

她的身形嬌小，身高連白陽的胸口都不到，即使穿著高跟鞋也無法改變這點；她的臉型標致、五官完美，就像從童話書裡走出來的小公主一樣。但若要稱讚她很可愛，白陽可完全不敢說出口，因為——不管是她眼裡那自信高傲的光彩，還是舉止之間所迸發出來的驚人氣勢，都讓人不得不把「可愛」這個字眼收回，至少得換上「美麗」才敢說出口；且一看到她，不需要絲毫言語，任誰都能強烈的感覺到，她希望被當成女人，而不是小孩。

「好吧，那就當是從童話書走出來的小女王好了，就算不是女王，至少也是個小魔女……」白陽忍不住吐槽道。

「你們——」小女孩指著他們的鼻子說：「會長要活捉你們，既然都知道自己做了什麼事，為什麼還要抵抗呢？」

「我們做了什麼事啊？」白陽聳聳肩。

旁邊的男子一聽怒道：「到現在還敢裝傻！」

「還在問做了什麼事？」小女孩拿走男子手中的資料揮了揮，「證據都在這裡，你們這兩個可惡的傢伙，竟然敢背叛聯盟、背叛我們如此偉大的會長！」

「我可不記得我有背叛聯盟。」白陽面不改色道，冰川倒是很心虛的低下頭，「沒做的事情就是沒做，要我承認自己沒做過的事，我才不幹！」

「很好。」小女孩一點也不生氣，反而滿意的頂起鼻尖道：「你要死鴨子嘴硬我也沒差，反正會長的個性你們是知道的，再怎麼硬的嘴到他手上沒有不軟的，還會軟到爛掉！」她大聲的說，然後雙眼突然冒出愛心，「哎唷，好崇拜魔魔大人喔～魔魔大人怎麼會這麼迷人呢～我也想要嘴硬一次去找魔魔大人，嗯嘛！」她隔空嘟起嘴親吻，「嗚嗚，魔魔大人到底是愛我還是不愛我呢？愛我，不愛我，愛我，不愛我……」她一手抓起籃子裡的花瓣揮灑，好像與現實世界抽離了一樣，開始玩起花占卜。

白陽和冰川都傻眼，其他黑衣人倒是都默不作聲，一副見怪不怪的樣子。

「她說的魔魔大人是誰？」白陽問。

「大概是指會長吧，會長不是『魔鬼』嗎？」冰川回答。

「……喔，所以這傢伙是病態性的在迷戀會長就是了，真的是壞年頭瘋子多。」

「喂！你們竟敢這樣侮辱芙蕾兒大人！」帶頭的男子怒道：「芙蕾兒大人可是會長身邊最得力的左右手，用一隻手就可以捏死你們！」

「你說她叫什麼？芙蕾兒喔？」白陽不客氣的挑釁：「名字是不錯啦，但可惜不是我的菜，我不喜歡這種小蘿蔔頭。」

「你這傢伙！」

此時，芙蕾兒的花占卜結束，就結束在「魔魔大人愛我」的那一片花瓣上。她驚呼一聲，捂著紅通通的臉整個樂歪的直跳腳，尖叫著從花籃裡抓起一大把花瓣揮灑。

「哇啊啊啊啊！魔魔大人愛我！魔魔大人愛我！魔魔大人愛我！你們，快去把那兩個渾球給我抓起來！」

「等等，明明那麼高興，為什麼會接那一句啊！」白陽錯愕的喊道。

黑衣人們一窩蜂擁上，冰川和白陽則早已做好準備。冷冽的寒光一閃，巨大的冰尖柱迅速成形，呼嘯著往黑衣人的腳邊甩去，隨即像打保齡球一樣將他們整排擊倒——但是事情當然沒那麼簡單，冰尖柱直接被粉碎，這點三腳貓功夫可完全沒辦法對付聯盟的軍隊。

然而，好戲才要上場。

「看招！」刺眼的電光從白陽的手指迸發，集結了他全身的力量，凌厲的朝敵人發射出去。

爆炸過後，房間幾乎全毀，兩方也陷入了混戰。黑衣人來勢洶洶，其中一個拿著黑色雙節棍的最難對付，白陽挨了好幾棍，都快要吐血了。

纏鬥的過程中，冰川的表現最是亮眼，她身體的靈活度好得不用講，根本不是從來不運動的白陽能比得上的。整場戰鬥下來只看得到她的大腿在空中飛舞，撂倒一個又一個敵人。

「羊，小心花瓣！」冰川突然喊道。

白陽回過神來，緊急往旁邊一閃，翻滾躲過了飄落下來的玫瑰花瓣。

其實，這場戰鬥真正的威脅是那些花瓣。那些花瓣帶著銳利的刺，一碰到東西就會旋轉飛竄，只要被它黏到，絕對會被傷得體無完膚。

但諷刺的是，那些花瓣只不過是芙蕾兒邊跳舞邊占卜時所掉下來的碎片，根本稱不上是攻擊。她活在她自己的小小世界裡和她的魔魔大人談戀愛，根本沒在理他們。

一想到這點白陽就心慌，他知道他們打不贏這個芙蕾兒。

「羊，小心啊！」

冰川突然大叫，白陽猛然回頭，但已經來不及了——

無數的花瓣如雨點般落下，夾帶著薰人的香氣颳起粉色的風，讓一切陷入致命的夢幻之中。

白陽感覺自己的背被撞了一下，是冰川和他靠在一起。他的意識迅速模糊，玫瑰花瓣與間隙之間的光點交錯，層層疊疊覆蓋全部視野，在一個猛烈的衝擊過後，沉澱成了和平寧靜的海。

白陽不曉得發生了什麼事，但是他感覺到自己在墜落，一直墜落，一直墜落，一直墜落……

他什麼都不知道了。

▶◎◀◎▶◎◀

花香味。

玫瑰花的香味、薰衣草的香味，又或者是鬱金香……好多花香味，白陽分不出來。

白陽睜開了眼。

「冰川？」

他從地上爬起，發覺自己處在一個奇怪的地方，且冰川不見了。

空氣中瀰漫著濃郁的花香，令人覺得頭昏腦脹。白陽四處張望，卻看不到盡頭。他處在白霧之中，伸手幾乎不見五指，但在近處，似乎有玫瑰花的花叢，或者是裝著玫瑰花的花籃子。

「冰川，妳在哪啊！」白陽大喊。

他焦急地亂走，似乎是循著花香又似乎是在迴避，越走越急。然後，他看到了冰川。

「冰川！」

冰川倒在地上，就和三分鐘前的白陽一模一樣。白陽伸手推她，接著將她扶起，總算見她醒了過來。

但她的眼角卻有淚痕。

「冰川，妳怎麼哭了？！」白陽錯愕的問。

「羊，你說得對，是我害了你……」冰川語帶哽咽，全身軟趴趴的說。

「妳在說什麼？」

「你說得對，是我拖累了你，是我做了蠢事……」

白陽愣了一下，然後生氣的放下冰川，「不然咧？全都妳害的啊！現在又說這些有什麼用！」

不放手還好，一放手，冰川突然發力站起身朝前方奔走而去，連頭也不回。

「喂，妳要去哪裡啊！」

白陽爬起，卻踉蹌了一下，突然覺得頭很暈。

不曉得是不是那些花香的關係，他覺得很不舒服，頭腦很混亂。眼前的一切都很不真實，宛如是在夢境裡一樣。

但不管是不是夢境，他追了上去。

「冰川，妳要去哪裡啊，停下來啊！」

「冰川！」

冰川的背影很模糊，但白陽還是能循著直覺知道她在哪，畢竟她是他配合了多年的搭檔。

白陽突然覺得冰川在哭，卻又覺得冰川在笑。

「冰川！」他最後一次喊她。

高大的鐘樓上，這次窩在屋簷的不是白陽，而是冰川。

這座鐘樓是這一區的地標建築，也是白陽和冰川的秘密基地。他們第一次認識，就是在這座鐘塔上。

而很快的，白陽也來了。

「羊，你還記得我們是什麼時候認識的嗎？」

冰川和白陽並肩坐著，眺望遠方，冰川問道。

「睏……啊呵……」白陽張開了眼，打了個哈欠後還是想睡，「當然記得啊，好像是四年前吧，還是更久以前……」

那時候的白陽急著脫離姐姐的魔掌，再加上體測值是A，擁有成為環控員的天分，於是便加入了環控聯盟。

「正確來講是四年又十五天喔，今天是第十六天。」

「妳都有在算啊？」

「嗯，一直都有在算喔。」她說，聲音卻變小：「因為我每天都過得很不安……」

「騙肖欸！妳每天都開心得像什麼一樣，最近又養熊，妳不安我就要鬧自殺啦！」

冰川沉默了一下，帶著淺淺的微笑，表情卻很黯淡。她靠向白陽，不知是有意還是無意的，讓肩膀和他碰在一起，「羊，你覺得我是好人還是壞人？」

「這什麼白痴問題！」

「你先回答我就好。」

白陽抬起頭來，這才發覺到冰川的語氣不對勁。他不禁很納悶，最近的她老是這樣，沒來由的就表現出低潮，怪可怕的。

「冰川，妳怎麼了？」白陽問。

「嗯？」

「別裝了，妳最近到底怎麼了？」

冰川微微張開嘴，微笑逐漸從臉上退去。她持續看著白陽，眼神卻轉變為無力。最後她屈起膝蓋，學白陽將自己縮成了一團。

「冰川？」

白陽推了她一下，眼裡除了訝異還是訝異。因為，這已經不是白陽第一次看到冰川憂鬱的樣子了。

最近，她老是這樣。

白陽甩了甩頭，將自己從思緒中抽離。

他還在花香濃霧之中，看著眼前冰川的背影，他想起了那天在鐘樓上的事。

今日所發生的一切，似乎從那天就可以預見。冰川連日來的不對勁，肯定是為了冰芥在煩惱。爆炸案過後，她便無法再昧著良心做出背叛組織的事，於是撕毀了冰芥的信。

白陽突然覺得心酸起來。

「冰川！我知道了，妳快停下來啊！冰川！」

回想起她總愛問她是好人還是壞人，白陽終於明白，她為什麼老是在問這無厘頭的問題了。

因為，她不能接受自己是個壞人。

在冰芥的逼迫下，她不得已做了許多可怕的事，所以她只能不斷用這個問題來獲得慰藉、修正自己的心情、逃避那漫天的罪惡感。雖是自欺欺人，但這一路走來，構築她這個人的就是正向與善良，要是連這點都被推翻，她會連活下去的動力都失去。

多麼矛盾的一個人啊！明明那麼美麗溫柔的笑著，誰能想到她會是組織這一連串事件的凶手呢？

「冰川，停下來啊！！」白陽大吼：「冰川！」

猶記他曾問過冰川：妳為什麼這麼愛笑呢？

冰川當時沒回答，但此刻白陽知道了。

若不笑，冰川根本無法活到現在。她是在一個沒有任何溫暖的環境中長大的，白陽至少有一個姐姐，但她卻只有一個冷酷會虐待她的哥哥。

所以她只能笑，被懲罰、被打、孤單寂寞、肚子餓都只能笑，這就是她的生存法則。她只能笑，否則無法走到今日。

白陽曾經以為冰川是快樂與微笑的綜合體，現在他才知道，根本不是那樣，根本完全相反，其實冰川是悲傷的綜合體。

「冰川，我知道了，我不怪妳了啊，妳停下來啊！」

「冰川，停下來！」

「冰川！」

——就算做了那些事，冰川還是冰川啊，冰川怎麼會是壞人呢？

——冰川就是冰川，是那個喜歡微笑，笑起來超級溫柔的冰川，這點是不會變的，永遠不會變！

「冰川！」白陽一個大步跨向前，抓住了冰川的手。

在她轉過身來的瞬間，白陽的胸口揪了一下，而在看到她那溼潤顫動的眼眸時，他的心更是整個揪緊，一個勁的就將她擁入懷裡。

「羊……？」

白陽閉緊眼，覺得很心痛。他抱緊了冰川，感受著她的體溫，想盡辦法要溫暖她，除此之外什麼都不想做。

「羊……」冰川哭了，「告訴我，我到底是好人還是壞人？」

哪怕只要有一次答錯，冰川或許會從這個世界上消失。白陽抱緊了她，暗自決定，不論這個問題會持續到什麼時候，他都會一直回答下去。

「妳是好人，是我見過最好、最善良的人。」

微風颳起，落下了花瓣的雨。冰川靠在白陽懷裡，好像睡去了那樣，唯有淚水沾溼胸膛的觸感讓白陽覺得格外鮮明。

玫瑰色的花瓣盤旋，白陽隱約聽見了遠處傳來女孩子的呢喃聲，頗像是：愛我、不愛我、愛我、不愛我……

他沒有多想什麼，輕輕的抱起冰川後便快步的往前走，迅速離開花瓣飄落的區域。

▼◎▼◎▼◎▼

「啦啦啦～啦啦啦～魔魔大人最迷人！魔魔大人愛我、魔魔大人不愛我、魔魔大人愛我……」

是的，聽那歌聲就知道，是芙蕾兒追了上來。

白陽抱著冰川持續穿梭在花瓣雨飄落的白霧之中，卻找不到出口。

「該死，這到底是什麼鬼地方啊！」

這霧看起來無邊無際，且四處似乎都有花叢。但最大的威脅還是來自於後方，一聽見芙蕾兒那唱歌的聲音，白陽就全身起雞皮疙瘩。

「嗚……」

此時從白陽手上傳來騷動。

「冰川，妳醒了？」

冰川的睫毛動了一下，眼皮緩緩睜開。

只見她眼眶還溼潤著，好像剛從什麼惡夢裡醒來一樣。她拉了一下白陽的衣角，弱弱地喊了聲：「羊……」

「噓，不要說話了！」面對著她的凝視，白陽的頭腦變得紊亂，無法專注，「反正我說了，我原諒妳了。」

冰川茫了那麼兩秒，「原諒我……什麼意思？」

「哪還有什麼意思，就是原諒妳這個害我惹上麻煩的宇宙無敵超級大豬頭！」白陽說：「背叛的事情以後不可以再做！不要再聽妳哥的話了！」

冰川的瞳孔顫動了一下，好看的嘴脣卻吐不出一個字。

「我知道妳不是自願的，所以妳要做妳自己，不要再假笑了！」白陽認真道：「妳以前都是很勉強的笑著吧？我希望從現在開始，妳想哭就哭，想笑就笑，不需要再裝開心！」

白陽吐了一口氣，「妳和我姐是我在這個世界上最重要的兩個人了，之後不管發生什麼事，我都會和妳一起面對的！」他看向她，沉聲道：「我會和妳一起對抗妳哥，不，現在就叫他冰芥吧。我會和妳一起對抗冰芥的，不需要再怕他了！」

說完，白陽才發現，冰川早已哭得一塌糊塗。她揉著眼睛，嗚嗚咽咽的抽泣著，一手卻依然抓著白陽的衣角，不願放開。

白陽遲疑的抓了抓頭，他可不覺得自己有講得這麼感人。不過，他從冰川的哭臉中看到了一個即將破涕為笑的她，畢竟她還是適合燦笑的。

然而，冰川的哭聲是變小了，但卻變成一種奇怪的喘息。她揉著眼，不安分的在白陽懷裡扭動，臉頰整個紅起來，連鼻息都變得炙熱。

「冰川，妳怎麼了？」白陽蹙眉問道。

「我也不知道，但……」她羞赧的捂住嘴，「有種、有種酥麻的感覺……啊，是你的關係啊！」她打了白陽一下，另一隻手卻抓得更緊。

「啥？」白陽滿頭問號。

隨後他就發現，自己身上的毛衣蓬了起來，頭髮也是——原來在不知不覺間，他和冰川的衣服一直摩擦，於是累積了不少的靜電，讓冰川觸電了。

「……都是你，快放我下來啦！」冰川搥打著白陽，發出來的聲音卻細到好像貓叫一樣。

「好、好啦！」

冰川每次被電到的反應都是這樣，一副既害羞又生氣的樣子。對此白陽也覺得很麻煩，要是冰川也有對電的耐受性就好了。

「魔魔大人不愛我！」前方突然傳來了小女孩生氣撕毀花瓣的聲音。

白陽的腳下一絆，從地面生出玫瑰花的荊棘攫住了他的腳踝，讓他哎唷一聲就往前跌去，除了眼冒金星還是眼冒金星，連冰川也摔了出去。

「痛……」白陽揉著疼痛的膝蓋爬起，卻見一個鼓著臉頰的生氣小女孩手扠著腰站在他前面。

是芙蕾兒。

「都是你們害的！害魔魔大人不愛我！」她指著白陽的鼻子大罵。

「干我屁事啊！」白陽說：「想吸引男人注意，先檢討妳的穿著再說吧！」

「你說什麼？」芙蕾兒整個瞪大眼。

沒錯，白陽此刻才發覺芙蕾兒的穿著很奇怪。她就像是亟欲變成大人的小孩一樣，不懂穿著高跟鞋，還繫上束帶，甚至還穿著黑色絲襪；上衣與裙子更不用說，都是成熟女人的打扮，配上她那稚嫩的臉實在是很滑稽。

雖然不至於難看，但卻很違和。白陽實在很想一把扯掉她裙襬的蕾絲，換上童裝用的白色碎花邊邊還比較合適咧！

「懂了沒？男人是不會喜歡妳這種裝成熟的屁孩，妳還是回家洗洗睡吧。而且妳也別擔心，就算『魔鬼』不愛妳，他也不會愛別人的，他那個瘋子整天只想著要怎麼把人的骨頭抽出來、發明更殘忍的酷刑！」

「你這個傢伙……你好大的膽子……」芙蕾兒低著頭，肩膀顫抖，一副要爆發的樣子，「侮辱我就算了，竟然還敢侮辱魔魔大人……」

「有、有話好說嘛！我可以幫妳介紹一個更好的，喔對了我家有一隻巨斧泰……」

「閉嘴！」

地面被撕裂開來，數條玫瑰荊棘竄出，飛快地綑綁住白陽的四肢，將他緊緊禁錮在地上。芙蕾兒瞳孔一閃，從手中變出一枝玫瑰花，殺氣騰騰的就要走來——

「羊，快走！」

在白陽嚇得尿褲子之前，冰川持著冰晶做成的劍斬斷荊棘，抓住白陽的胳膊就跑。

芙蕾兒：「哼，你們以為能逃得出我和魔魔大人的手掌心嗎？」

冰川似乎恢復了精神，拉著白陽的手就飛快的跑走，讓白陽不得不跟上她的速度。

看到她那淺色的眼眸又變得明亮，白陽知道她已經走出陰霾了。他是很高興，但事情還是很麻煩，尤其有個玫瑰花憤怒暴走小女孩追殺在他們後面。

「站住！你這個無禮的傢伙！」

「妳才站住咧！妳這個小屁孩！」白陽拿出墊板摩擦，不客氣的朝後方發射電波。

地面生出兩條荊棘綑住了白陽和冰川的腳，讓他們摔得狗吃屎。

「都是你一直亂說話！」冰川說。

「我哪有亂說話！我說的都是事實好嗎！」

「你不要再說了！」

冰川砍斷了兩人腳上的荊棘，一個勁的拉起白陽就要跑。但下一秒地面又生出荊棘來，再次讓他們摔倒。

冰川死命的砍，荊棘卻又不斷的生。這時，芙蕾兒走到他們面前。

在她還沒說話之前，白陽已經想好了要怎麼耍嘴皮子，但冰川卻猛然持劍朝芙蕾兒衝去。

「什麼啊冰川！妳至少先讓我嘴炮一下啊！」白陽驚道，立即脫掉鞋子擺脫荊棘的束縛。

冰川不愧是冰川，她舉起冰劍無畏的衝向芙蕾兒，劍鋒一閃就要砍下去。

白陽不禁十分佩服，冰川果然是全能型的能力者，只不過變出一把劍來就能立即成為劍士。哪像他，數來數去好像就只有兩招，一招是從手指發射電波，另一招是當人體炸彈去自爆。

但，他可沒有承認自己比冰川還爛的意思喔！

「冰川，接住我的十萬伏特吧！」白陽大喊，白色的電光便凌厲地射去，纏繞在冰川的劍上。

劈啪聲大作，伴隨著紊亂盤旋的氣流，讓這揮砍而下的攻擊力頓時變得很可觀。

然而，面對冰川的劍刃，芙蕾兒卻連眼皮都沒眨，只是懶洋洋的撥了一下頭髮，嗤了一聲，「哼，雕蟲小技。」

玫瑰的花瓣鋪天蓋地而來，像是滅火那樣直接蓋熄了冰劍上頭的電流，並且包住劍扭動旋轉，讓冰川不得不放開手，被逼得退後。

「受死吧，兩隻小臭蟲！」

芙蕾兒伸手一指，花瓣變成的巨龍立刻朝白陽和冰川衝去，冰川的冰劍還成了它的舌頭。

冰川很識相地落跑。

「靠，這什麼能力啊！」白陽大叫。

芙蕾兒的小女人裝扮雖然掩飾不了她的稚氣，但她的實力的確強到比大人還可怕。花瓣巨龍飛得很快，數次要咬到白陽的屁股。白陽被激了幾次後終於不甘心的向後一轉，全身迸發出刺眼的電流，用那已經戴在頭上的老爹贈送的天●寶寶頭飾，凝聚出高壓電和玫瑰龍硬碰硬。

而冰川也沒有猶豫，雙手在地面一拍讓冰氣蔓延，凍住了巨龍的尾巴，然後她蹬地一躍，用手上形成的大冰槌敲向巨龍的腦袋。

轟隆一聲，產生了超乎預期的大爆炸！

白陽被後座力炸得飛了一段距離，身上的靜電也幾乎被吹散；冰川則巧妙地躲過了衝擊，落地後趕緊跑到白陽身邊。

煙塵散去，花瓣的燒焦味傳來。白陽頭上的天線彎了，而花瓣巨龍也消失無蹤，被消滅了。

然而，大BOSS還在。

「啦啦啦～我愛你，你愛我，魔魔大人黑漆漆，亮亮的眼睛超帥氣～他愛我，他不愛我，他愛我，他不愛我～」芙蕾兒的聲音傳來，但好像又沉浸在自己的世界裡了。

「她又在數花瓣了嗎？」白陽狼狽的爬起，抹去臉上的灰塵。

「對，我們可以趁機攻擊！」冰川握拳說。

「不是吧！應該是趁機逃跑吧！」

「一直逃跑不是辦法，也很無聊，我們應該找個機會一舉擊敗她，我看她老是在用花瓣攻擊，她的弱點好像是……」

「等等，我可沒漏聽了妳說『也很無聊』，妳到底有什麼問題啊！」

芙蕾兒已經追了上來，她邊撒花邊跳著走到他們旁邊，然後才猛然看到他們。她露出像被揍到一拳的表情，這才記起剛才的事。

「竟然是你們這兩隻臭蟲！」她指著他們的鼻子怒道。

「好啦好啦好啦，我們是臭蟲我們是臭蟲，我們和好好不好？告訴我要怎麼離開這地方。」白陽哄騙的說。

「哼，總算想到要離開了嗎？」芙蕾兒得意的頂起鼻尖，然後吐舌頭，「切，我才不告訴你呢！」

「哎妳這傢伙！我打妳！」

「打啊！來啊！」

「我真的打妳我跟妳講！」

見兩個人就要吵起來，冰川趕緊將白陽拉到一旁。

冰川：「我們會跑到這奇怪的地方，果然是她的原因嗎？」

「不然還有誰？我早就猜到了啦！」白陽翻了個白眼，「這一定是她的幻術，而且一定跟花香有關，我聞那些香味聞到都快吐了！」

「如果是幻術就很難破解了，老爹說過幻術是最麻煩的能力。」

「妳怎麼老記得那怪咖說過的話啊！」

芙蕾兒在此時大聲的說：「你們到底討論好了沒啊？」

「好了好了，小芙芙大人別生氣。」白陽嬉笑著往前走，「所以妳可以告訴我們要怎麼出去了嗎？」

「辦不到！」她斬釘截鐵的說：「我創造出這個『玫瑰領域』就是要把你們抓回去給魔魔大人的！」

「哦哦，所以這個叫做『玫瑰領域』啊？那為什麼不叫百合領域或鬱金香領域？」

芙蕾兒翻白眼，「你看不出來嗎？我是玫瑰的能力者啊！」

白陽：「哇，好厲害喔！所以這個超厲害的『玫瑰領域』可以幹嘛呢？」

「哼，你問了一個好問題。」芙蕾兒得意地勾起嘴角，「在這個領域裡我的玫瑰花可以更厲害，而且能夠用花香蠱惑敵人。」

「哎呀我就知道嘛！小芙芙妳的花超香的，香到我都想打人了。所以是不是因為這個香氣我們才被困住啊？」

「答對了！」芙蕾兒哼的一聲說：「就憑你們這兩隻臭老鼠是不可能逃出去的！」

「哇，我就知道，小芙芙妳真的超厲害的欸！難怪魔鬼大人這麼愛妳！大家都說妳是最美的會長夫人！」

「哼，那當然，除了我還會有誰啊！」芙蕾兒被捧到心花怒放，下巴抬得連腳尖都快踮起來了，「我告訴你們，我在這個領域裡還可以隨意變出想變的東西來，因為只要是頭腦清醒的人都可以變，但在這裡頭腦清醒的就只有我而已哇哈哈！」

「太厲害了小芙芙大人！」白陽捧場般的拍手，卻有點聽不太懂似的問道：「所以大人妳的意思是說，只要頭腦清楚就可以變出想變的東西嗎？在這個『玫瑰領域』？」

「對，但只憑你們這些雜碎蟲子是不可能的～」

「我就知道！那大人妳一定可以變出一罐綠油精吧？」

「要綠油精做什麼？」芙蕾兒露出狐疑的表情。

「當然是要出難一點的題目才能證明小芙芙妳有多強啊！難道妳變不出來嗎？但妳剛剛不是說什麼都能變嗎？難道是騙人的？什麼嘛……原來妳變不出來？！天吶，我原本還……」

「給我閉嘴你這隻臭老鼠！沒有我變不出來的東西！」芙蕾兒怒將手中變出來的綠油精摔到白陽頭上。

「……媽的妳這臭屁孩等一下就死定了！」白陽捂著通紅的額頭悄聲罵道，然後又堆出笑容說：「哇，小芙芙果然超厲害！根本就是神！連這種東西都變得出來。冰川，快拍手啊！」他巴了冰川的頭一下就狂鼓掌喊道：「在一起！在一起！在一起！結婚！結婚！結婚！無限期贊成小芙芙和魔鬼大人結婚！」

「討厭，你們這兩個混蛋！」芙蕾兒捧著通紅的臉蛋直打轉，樂得連東南西北都不知道了。

「所以小芙芙大人，這個超級厲害的領域到底要怎麼出去啊？」

「哼，你們這兩隻臭老鼠當然不知道。只有找到唯一的藍玫瑰才能出去，但是只有我能找到，哈哈哈！因為我是唯一清醒的！」芙蕾兒一邊跳舞打轉、一邊撒花，完全沒發現自己說溜了嘴。

「果然是這樣呢，只有小芙芙大人是最強的。」白陽奉承道，一面催促冰川快點在鼻子下方抹綠油精，然後把綠油精交給他。

「等等，你們在幹嘛？」芙蕾兒終於發現了不對勁，「你們為什麼抹那個！誰叫你們抹綠油精的！」

「嘿嘿嘿，來不及了，白痴花妳去旁邊玩沙吧！」白陽朝她扮了個鬼臉，拿起綠油精往鼻子一倒，拉著冰川拔腿就跑。

辛辣的氣味灌入他的鼻子，嗆得他直咳嗽，但他的頭腦總算清楚了，四周的白霧全部退去，蠱惑的花香總算從他體內被驅逐。

四周都是一叢一叢的紅色玫瑰花，簇擁著形成一個像是巨大花園的地方。白霧消失後，視野可以看到很遠的地方，但還是只有玫瑰花。

白陽：「冰川，快點找藍玫瑰！妳沒聽她說嗎？找到就能出去了！」

「停下來！」後方傳來芙蕾兒憤怒至極的聲音，她在呆站了許久後總算回過神追了上來，「你們這兩隻骯髒、變態、沒有家教的噁心老鼠！快給我停下來！」她的形容詞很奇怪，她已經氣到不曉得該怎麼罵他們了。

「冰川，變出點什麼來吧！」

「什麼？」

「妳剛沒聽她說嗎？只要頭腦清楚就能夠在這個『玫瑰領域』裡創造東西！」

「喔。」

冰川簡短的回答一聲，下一秒便有一大堆白色的麻糬狀物體從空中掉下來困住芙蕾兒，那些麻糬也頗像是用到一半的肥皂。

「可以告訴我妳剛剛腦袋瓜裡在想什麼嗎！？」白陽整個傻眼，「妳這個人到底是怎麼搞的？那些麻糬是什麼鬼東西？妳也變出點實用的武器吧！」

「喔，好。」

這次從空中掉下了無數隻的巨斧泰迪熊，卻全都像絨毛娃娃那般一動也不動地壓在芙蕾兒身上，跑遠的他們還可以聽見她咒罵的聲音。

白陽：「妳有搞清楚我的意思嗎？！我要的是武器！武器！雖然巨斧泰迪熊是武器沒錯，但妳他媽的那些熊根本全是玩偶啊！」

「……好啦，我知道了。」冰川搔了搔臉頰。

這次掉下了天線，一大堆的天線，白陽專用的武器天線，其中還摻雜了一些天●寶寶玩偶，又是全都壓在芙蕾兒身上。

「呵呵……是啦，這次是武器沒錯了啦……」白陽笑道，然後抓狂的怒扯自己的耳朵，「妳白痴啊！」

「我覺得這個很棒呀！」

「棒妳個頭啦！」白陽的臉一黑，徹底放棄了和冰川溝通的念頭。

「那你為什麼不自己變啊？我變什麼都不行。」冰川嘟起嘴說。

「因為我的想像力不夠啊！誰跟妳一樣鬼靈精怪啊！我剛剛也試過了，但就是變不出什麼好東西。」

「不然我這次變老爹出來好不好？老爹很強，一定可以打敗她！啊，不然我乾脆變蒼神或是正宗上人出來好了，他們一定可以秒殺她！」冰川靈機一動的說，已經興奮到無法言語了，眼眸迸發光芒。

「好啊，妳變啊，妳變得出來我輸妳。」白陽心裡有數的說。

「什麼意思？」

「妳變啊。」

結果，冰川果然無法變出她想變的那幾個人，連老爹都變不出來。

「剛才我在變的時候就有感覺了，不是真的想變什麼就能變什麼。」白陽說：「妳要非常了解他們的細節，才有辦法將他們在這個領域內體現出來。天線和泰迪熊都算簡單，但若是一個活生生的人，就很麻煩了。」

「所以你才都沒變東西出來嗎？因為很麻煩？」冰川笑道。

「對啦。」白陽翻了個白眼，「反正別想在這個領域裡變出真正的人，除非妳真的很了解他。」

「那你可以變出白玲姐看看啊，你不是很瞭解她？」冰川突然說道：「哈，你們有時候不是還會一起洗澡嗎？你一定變得出來吧！」

白陽原本想反駁自己是被逼的，但卻在說出口前，又硬生生的吞了回去。因為他突然想到了一個點子，冰川的話讓他想到了一個絕妙的點子！

「怎麼了？在想要怎麼變出白玲姐嗎？」見白陽呆滯的站著，冰川拍拍他的背。

「冰川，聽我說，我知道妳要變什麼了！」白陽回過神來搭住冰川的雙肩，雙眼迸發興奮的光芒。

芙蕾兒在此時已經擺脫麻糬、泰迪熊和天●寶寶追了上來，她看起來火大到了極點，似乎想把所有的麻糬、泰迪熊和天●寶寶都塞到白陽和冰川的嘴裡。

「臭、老、鼠！」她召喚出大量的玫瑰花瓣往白陽和冰川射去。

冰川朝旁邊一閃，靠著白陽的背問道：「要變什麼啊？你要我變什麼？」

「變出妳哥。」白陽的嘴角勾起，「既然我能變出我姐，妳也能變出妳哥。把冰芥變出來，他一定能讓這個傢伙嚐到苦頭！」

冰川愣住，一臉茫然。

「對，變出妳哥，不要猶豫了！」

粗大的玫瑰荊棘從地面伸出，動作之迅速任誰也無法反應，荊棘就這樣將白陽與冰川雙雙綑住。長著利爪的花瓣巨龍夾帶著銳利的刀片花雨襲來，宛如海嘯那般就要吞噬冰川與白陽，一點骨頭渣都不會留。

「受死吧！廢渣老鼠！」

「不！冰川快變啊！」白陽吼啞了嗓子。

衝擊來臨之際，刺眼的白光一閃，奪去了所有的視野。但是緊接著，純粹的黑色收復了一切的過度曝光，讓萬物的色彩回復原狀——白陽的視線則最終停留在一雙灰色的眼眸上。

男人無聲的從空中落下，在他觸地的那一剎那，禁錮住白陽和冰川的玫瑰荊棘全部粉碎。

他的五官深邃完美，卻平靜得宛如無生命一樣，一點表情都沒有。即使只看著他的背影，白陽依然感覺得到從他身上所迸發的那股氣勢。比起無懈可擊，他帶給人的感覺更接近於「強到令人戰慄」。

「哥……」冰川瞪大眼看著冰芥，顫抖著坐在地上完全爬不起來。

冰芥冷淡的瞄了她一眼，然後丟下了一枝玫瑰花在腳邊，便朝著前方——芙蕾兒的方向走去。

芙蕾兒站定在那裡，不知從何時起，她的臉上便已無任何玩意及笑意。面對著這樣子的對手，她露出平靜的表情，一手提著玫瑰花籃，似乎將拿出真本事。

冰芥身旁的管狀粉筆生物咻地從他的腰際竄過，發出奇異的叫聲，然後伸長成了一條鞭子，在空中劃出一道完美冷冽的白色弧線，落到他手中。

「還看什麼，離開了，冰川。」冰芥甩了一下鞭子，用命令的語氣說道。

白陽這才發覺剛才冰芥所丟下的、掉在地上的東西是藍玫瑰！他吃驚的看了冰川一眼，拉著她便一起碰觸了藍玫瑰。

視野扭曲變形，地面與空間錯置。在冰川和白陽墜入另一團白霧，即將脫離「玫瑰領域」之際，白陽看到了飛舞的花瓣與白色鞭子交錯——

他大吸了一口氣，不禁遺憾他將錯失一場精采的戰鬥。

04

改加入新組織「第四勢力」？

——回到了現實世界……了嗎？

——不……

白陽甩了甩沉甸甸的頭，才勉強讓暈眩的腦袋變得清楚。

眼前的景象是他和冰川的家，一堆黑衣人手持著棍子、鞭子等等的拷打用具圍在他身旁。他動了動身體，卻發覺自己被繩子綑住，嘴巴也被堵住，旁邊的冰川也一樣。

「嗚嗚！」他驚得開始掙扎，卻見周圍的黑衣人一臉壞笑的甩著棍子。

是的，在離開「玫瑰領域」、逃離芙蕾兒的魔爪後，情況並沒有比較好。肯定是當他們被困在幻覺裡的時候，這群人逮住了他們。

「我重新再宣告一次好了，符合標準程序嘛。」領頭的黑衣人清了清嗓子道：「本部接獲密報，有人檢舉了你們。經由調查後發現屬實，你們兩個就是這一連串案件的凶手，是背叛者。」說完，他直接丟掉那文件，「會長的風格你們也知道，對於叛徒，他是不會只有讓你們死那麼簡單。」

白陽和冰川都面如死色，冰川不停地扭動身體，從塞著布的嘴巴發出嗚嗚的聲音，白陽大致能明白她是在說：不干他的事，都是我做的，處罰我就好！

「哼哼，事到如今還想狡辯嗎？」黑衣人舉起球棒指向冰川，「沒有比你們還要更卑鄙的人了，組織對你們的栽培，全被你們糟蹋光了！喔對了，會長只說要活捉你們，但你們應該能明白他所謂『活捉』的意思，就是只要活著回去就好，其他的處罰他還是希望我們先做過一輪。」

冗長的說完後，領頭的黑衣人朝身旁的其他人示意：「開始吧，打斷她的手腳。」

冰川立刻被壓在地上，旁邊的人拿起球棒就往她的膝蓋揮下去——白陽雙眼冒血絲的大吼，卻在砰的一聲後發現球棒敲在冰川的雙腿間，卡進地板裡了。

「喔抱歉，手滑了，我看還是從男的先開始好了。」揮球棒的人抓了抓頭就往白陽走來。

這下換面色蒼白的冰川嗚嗚叫了，要是無辜的白陽被打成殘廢，她一定會瘋掉。

白陽被踢倒在地，脖子被踩住，痛得他連喘息都辦不到。但就在球棒要打到他的手肘之前，一聲巨大的咆哮聲傳來——

「吼嗚——」

咖啡色的毛茸茸物體在空中一閃，巨斧泰迪熊撲到了黑衣人手上，張嘴就是一咬。

「哇啊啊啊！」黑衣人慘叫，丟掉手中的球棒，卻仍然無法甩開泰迪熊，只能掙扎著被牠咬得鮮血直流。

「搞什麼！那隻鬼熊你們不是已經處理掉了嗎！」

「是啊，確實是把牠丟出窗外了……」

「混帳！快把牠給我宰掉！」

黑衣人們紛紛拿出槍、拿起棍子，就要對付泰迪熊。但泰迪熊當然不是省油的燈，即使在冰川面前表現得溫馴無害，牠仍然是那隻巨斧泰迪熊。

場面亂成了一團，由於怕打到自己人，黑衣人不敢開槍，只能和泰迪熊肉搏，但他們哪能打得過牠呢！

白陽因為泰迪熊的相助得以喘一口氣，他滾呀滾地滾到衣櫃邊，用腳從裡頭勾出了當初從泰迪熊手中沒收的武器——那把巨斧。

他將斧頭踢給泰迪熊，然後滾回冰川旁邊，想辦法要替她鬆綁。

「救、救命啊！」

「我的手……手啊！」

「老大，快撤啊！」

泰迪熊一拿到巨斧就成了不折不扣的巨斧泰迪熊了，牠重操了牠的獸性，甚至變本加厲，就這麼揮著巨斧在房間裡大展身手，東劈西砍……

黑衣人不得不被逼著開槍，但不出三分鐘，還是全倒在房間裡，有的是被自己的同夥射中、有的被泰迪熊砍死，唯有那領頭的男子帶著幾個倖存的人逃跑了。

「嗚嗚……嗚！」冰川心切的叫著，要泰迪熊趕緊替他們解開繩子。

泰迪熊宛如能聽得懂冰川在說什麼一樣，巨斧一掃便砍斷兩人的繩子。然後牠放下斧頭，跳到冰川身邊，伸手拿掉她嘴裡的布，接著換白陽。

「很好，不錯，我現在有點對你改觀了。」白陽喘了一口氣：「但還是不 OK 喔，要是你能每天咬一千塊回來給我，我就勉強給你六十分……」

「好了，羊，別亂說話了，我們快走！」冰川急切的將白陽拉起來，剛才他差點被打的畫面讓她心有餘悸，「他們一定會回來的，我們趕快離開這裡！」

匆忙地離開家之後，他們一時也不知道自己該往哪裡去。且白陽突然想到，他們已經算是被聯盟開除了，而且還被聯盟追殺；他們無家可歸，就算沒有被逮到，他們也必須像這樣亡命天涯一輩子。

「天吶！怎麼會變成這樣！」他眼神都死了。

冰川抓緊了他的手，持續著往前跑去。白陽實在很想問她要去哪裡，「魔鬼」的勢力遍布了全國各地，只要是有環控員的地方就是他的勢力範圍，而在這座T島上，沒有一個區域不被環控員監視著環境係數。

「找到了！在那裡！」後方傳來咆哮的聲音。

敵人的增援到了，且這次的增援非常強大，是聯盟專門對付能力者的特遣部隊，體測值都是ＳＳ以上。

「靠！糟了！左邊！右邊！」白陽驚得屏住呼吸。

敵人的行動異常快速，宛如踩著溜冰鞋那樣，不出幾秒便已從四面八方將他們包圍。白陽和冰川不得不停下來，兩人背靠背，面對著圍成一圈的敵人，找不到任何空隙逃脫。

「這太……太誇張了，怎麼感覺和蒼神的保鏢團一樣強！」白陽瞪大眼，臉色早已白得像一張紙。對方的氣勢非同凡響，和前一波的黑衣人是不同等級的，連泰迪熊都裝死的攀在冰川背後，假裝自己只是一隻無辜的熊玩偶。

他和冰川已經被包圍了，對方正在朝他們走來，以要終結他們性命的氣勢。

冰川雖然沒說話，眼眶卻急到泛淚。她從沒想過自己竟會有這樣的一天，且更讓她感到懊悔的是，她害了白陽，害了這個她最重要的搭檔。

敵人踏出了一步——

「哼，真是令人沉醉啊~」突然一道曖昧迷離的聲音傳來：「冰川，把眼淚收起來吧，事情還早得很呢。」

白陽認得這個聲音，他驚駭地轉過頭。

不知是什麼時候，明明是在特遣部隊重重的包圍之下，一個長髮的男子竟出現在冰川身後，扶住了她的肩膀。

是老爹。

「老、老爹！？」白陽驚訝得都快岔氣了。

「呵呵，小羊看起來也很有精神啊。」老爹深笑了一下，然後一貫優雅地伸手撥了撥銀色長髮，瞇眼凝視前方的黑衣人說：「你們聽好了，這兩隻我要帶走，不怕死的就上來吧。」

「什麼？！」

「這、這傢伙！」

黑衣人們紛紛被激怒，身為聯盟的特遣部隊，實在無法忍下這挑釁。他們吆喝著向前衝來——但他們可不是什麼雜魚，而是一個一個體測值都超過ＳＳ級，強過冰川與白陽太多太多的能力者。

「哼。」老爹冷笑了一下，抱著胸站在原地，無畏的看著他們衝來。

轟隆轟隆的熾熱火拳、數枚像魚勾的飛鏢、帶著電光的鎖鏈、甚至是巨大的龍形召喚物……敵人使出了渾身解數，但在老爹眼裡卻都只是花招而已——他完全不動的站在原地，任由他們朝他攻擊。

很神奇的，不知為何，竟沒有一個人打得到他；就如同幻術一般，明明切實擊中了什麼東西，但卻又好像根本沒碰觸到老爹。

唯有老爹那美麗的銀色長髮飄動著，宛如躺在水波裡一般，盪漾地閃爍，瓦解了所有的攻擊。

「我數到三，你們最好離開我到方圓十公尺之外的地方。」老爹輕聲說道，並伸出他纖長的食指，「一。」

「二。」

「開什麼玩笑！」敵人又是一陣猛攻。

「妖、妖怪嗎？！為什麼打不到！」

「三。」

空氣猛烈地震動了一下，雖然沒有聲音，但卻好像有飛彈爆開來一般，以老爹為中心重重地衝擊了整個空間。

白陽覺得心臟震了好大一下，下一秒，圍著他們的黑衣人全都翻白眼倒地，有的還口吐白沫。

「老爹，你做了什麼啊？」冰川吃驚問道。

「沒什麼。」老爹習慣性地撥了一下長髮，轉身露出深意的笑容，「我是專門對付男人的殺手，如此而已，他們的身體有某個地方爆炸了。」

「什麼地……」白陽原本還想接著問，卻突然覺得下半身痛痛的，不敢再問下去。

「話不多說，在敵人重新聚集前，跟我走吧。」老爹說。

「老爹，你到底是誰？為什麼會來救我們？」冰川困惑的問。

「呵，這等會就會揭曉。」老爹笑著說：「我是此刻唯一能救你們的人，快走！」

▶◎◀◎▶◎◀

一大片用低矮圍籬圍成的寺院，雖然看似簡陋，卻帶著一股不容侵犯的莊嚴氣息。太陽的圖騰印在正殿的寺門上，讓白陽覺得萬分不自在。這裡怎麼看都是太陽院所屬的寺院，他不曉得為什麼老爹會帶他和冰川來這種地方。

踩著白色磚石朝著庭院深處走去，鼻子裡聞到的都是花香，耳朵則不斷聽到水流的聲音。這個庭院的造景十分漂亮，有著典雅精緻的美感。

「老爹，你為什麼帶我們來這裡？這裡是哪裡？」白陽不安的問道。

相較於搭檔冰川那四處張望的新奇神情，他實在是很擔心，他向來對太陽院沒有什麼好感。

「這裡會成為你們暫時的避難所，而且有些事情需要解釋一下。」老爹回頭看了一眼，「尤其必須讓你們了解一下你們現在的處境。」

「我們的處境就很糟糕啊，天底下還有比被『魔鬼』追殺更糟糕的事嗎？」白陽苦笑道。

「我不是指那個。」老爹深深一笑，最後視線落在冰川臉上，「或許得先告訴你們一件事，今天我會出現，是冰芥委託我來的。」

聽到那個名字，白陽和冰川都愣住了。

「我……我哥？！」冰川的眼睛睜大。

「是的。」老爹勾起嘴角，「我和妳，甚至是和白陽，我們的關係比妳想像的都還要親密，我們一直是一國的。」

「什麼……一國？」

「我和冰芥是舊識，我們同屬於一個組織。」老爹說：「妳一直以來所做的那些事，都是為了組織在做事。冰芥肯定沒告訴妳，但妳是我們的一員。」

冰川愣了好久都無法回神，白陽則大吐了一口氣，難以置信的問：「老爹，難不成你要告訴我，你也是聯盟的叛徒？！而且再加上冰芥，你們的所作所為，背後有一個組織在指揮？」

「沒錯，小羊果然聰明。」

「這太扯了！你們到底在想什麼！」白陽說：「背叛聯盟對你們有什麼好處？聯盟得罪你們了嗎？你們背後的靠山是誰？是蒼神？還是太陽院？」白陽抬頭又看了一眼寺院上頭的太陽符號，「果然是太陽院嗎！你們想幫助太陽院併吞掉『魔鬼』的勢力？」

「不不不不～」面對白陽咄咄逼人的質問，老爹只是從容地搖頭，解釋道：「小羊你想得太遠了，我們既不屬於太陽院，也不屬於蒼神，我們絕不可能屬於任何『勢力』。若要說屬於誰，我想只有一個答案，那就是人民。」

說到這裡，老爹收起笑容，嘴脣抿成一線，「若必須要有一個名字，我們就是『第四勢力』，因為我們不屬於任何一方。」他的聲音變得冷漠：「這個國家已經被那三個勢力搞砸了，如此腐朽的國家，只有徹底的毀滅才能讓一切重新洗牌。我們期待著公平世界的到來，不管是財富、權勢、地位，戳破那些偽善者的面具——這便是我們的終極信念。」

冰芥、老爹，以及不知情的冰川，一直以來都同屬於一個組織，檯面下的組織、秘密的組織、世人們所不知道的組織——「第四勢力」。

「第四勢力」，顧名思義，就是指立於蒼神鐵路、太陽院、環境控制聯盟等三大勢力之外的第四個勢力。他們的訴求很簡單，就是站在人民的立場，希望T島能從三大勢力中跳脫出來、從鬼島中跳脫出來，成為一個富庶和諧的國家。

更真實、更貼切的說法其實是：他們要毀掉T島現有的秩序，唯有重新洗牌，才能奪回被蒼神掠奪走的財富、洗滌被太陽院蠱惑的心智、重拾因為環控聯盟而失去的自衛能力！

「第四勢力」是一個激進派的組織，說明白點就是恐怖組織，因此冰川才會被指使去做炸毀大樓這種事。

「現在的T島已經沒救了，唯有徹底摧毀，才能贏得新的未來。」老爹說道，眼裡閃過白陽從未看過的光芒。

一旁的冰川則沉默著，白陽明白她的心情。她到了此刻才知道原來有這麼一個組織，而自己一直以來都是為了這個組織在做事，為了這個她連名字都沒聽過的組織。

她的心情鐵定很複雜。

「『第四勢力』還有個特點，那就是我們都潛藏在其他的組織裡做事。我們大部分都有個正職工作，只是暗地裡計畫著推翻的事。」老爹說：「像我，是潛藏在環控聯盟裡，說坦白點就是間諜。」

「所以，上次和你見面的太陽院的人，也是……？」冰川回想了一下問道。

「被妳看到了呢。」老爹說：「對，太陽院裡當然也會有組織的人。事實上，我們就是由三大勢力裡一些對現狀不滿的人所組成的團體，我們都來自於三大勢力，但心卻又不效忠於三大勢力，這便是『第四勢力』的涵義。」

「所以，原來哥哥是加入了這樣子的組織啊……」冰川有種莫名的難過感。

老爹沉默了一下，又道：「冰芥他比較特別，他和我們不一樣，他並未在那三大勢力裡有任何偽裝的身分。他是個獨來獨往的人，說出現就出現，說消失就消失，沒人知道他會在哪裡。我認識他這麼久，卻從未有一刻摸透他的心思。」

「……」冰川不曉得該怎麼回答。

「呵，妳哥就是這麼神秘呢。」老爹深深一笑，「真是令人沉醉啊～」

白陽在此時插話：「但我還是不懂啊！你們要冰川去放炸彈，還搞破壞，但他們真的有這麼壞嗎？為什麼一定要推翻？我是說，蒼神也只是賺很多錢，並不算是壞人吧？他也沒做什麼壞事啊！聯盟也是啊！」

「嘖嘖，你太天真了呢，小羊，我沒想到你竟然會說出這種話。」老爹的目光變得黯淡，「鬼島今日會變成這樣，就是被那三個人搞砸的，一個是無良的商人，一個是職業級的宗教騙子，最後一個則是殘忍嗜血。你身為最貼近社會的環控員，難道看不見人民所流下的血淚嗎？工作一輩子也買不起房子的悲哀，你難道看不到嗎？」

「我、我知道……但認真來說，環控聯盟應該不算是吧？他們……我們一直都在做好事不是嗎？是我們守護人民的安全欸！」

「哼哼，做好事？小羊，你是真的不懂嗎？」老爹搖了搖頭，「你認為環控聯盟的付出是免費的嗎？這麼龐大的組織如果是慈善機構，你認為能夠維持到現在？」

「啊？」

「老百姓繳的稅金，就是繳給環控聯盟的，這你難道不知道嗎？」

「呃，這個我知道……」

「那你就應該知道他們是變相的在收取保護費！」老爹提高音量：「繳不出稅金的人，聯盟就會遣回該地的環控員，放任那裡的居民自生自滅，而他們平均都活不過三天……這個，我看你的表情，應該是不知道吧？」

「……」

「況且聯盟最大的罪行，最不為人知的罪行就是——他們奪走了T島人民自我防衛的能力！究竟是誰說體測值低於B以下不能出門？又是誰說看到魔物一定要趕快回家？」老爹笑道：「這些都未經過證實，沒有人知道，但人民已經養成了依賴聯盟的習慣，他們從不思考自己是否可以保護自己。聯盟已經把他們變成了一點自主意識都沒有的白痴，讓他們覺得只要乖乖繳錢就能保平安。但試問——若有一天聯盟不再保護他們呢？是不是全島的人都要等死？」

說到這裡，老爹的語氣變得激動：「將性命交到別人手上，沒有比這更危險的事了。

環控聯盟將人民變成毫無戰鬥力的白痴，這是他們最大的罪行！」

聽了這些話，白陽和冰川震驚不已，久久無法言語。

「所以，冰川，妳並沒有做錯事。」老爹扶住她的肩膀，「我想妳一定會覺得冰芥在逼迫妳，讓妳背叛組織，讓妳當壞人，但其實並不是那樣的。」他微微一笑，「竊取機密、出賣聯盟，當初對妳來說或許是件壞事，但是現在妳知道了這些，就不再是壞事了。妳是在做對的事，冰川，妳是在做正義的事，妳是在為這個國家的人民挺身而出！」

陰錯陽差之下，當初後悔做的壞事竟然變成了好事是嗎？

白陽很難接受這個想法，而看著冰川的臉，他相信她的腦子也是一團亂，鐵定無法接受老爹的價值觀。

但唯一可以確定的是，聽到老爹說冰川不是壞人，肯定讓冰川的心裡溫暖了不少。因為好人與壞人，就是冰川的罩門。

「羊……」冰川突然轉頭看向白陽，眼眶有些溼潤，「我突然想到一件事。」

「什麼事？」

「我們當初以為哥哥是故意出賣我們，把事情洩漏給聯盟讓他們來抓我們，但好像不是這樣。」她說：「哥哥是為了要讓我們沒有退路，要讓我們離開聯盟才這麼做的。被聯盟追殺的話，我們就不得不加入這個組織。他為了讓我們和他在一起，所以他才讓老爹來救我們。」

「……所以呢？這兩者在我看來是一樣的惡劣啊！他根本是個變態！虐待狂！控制狂！」白陽生氣的說：「我還寧願他是真的出賣我們，要讓我們被聯盟殺死咧！一想到我接下來的餘生都要加入怪咖組織，和蒼神、正宗上人、『魔鬼』對抗……媽呀一次和三個最強的人對抗！不玩了不玩了，我寧願現在就一頭撞死！」

冰川宛如沒聽見他說什麼，只是吸著鼻子，也沒有要阻攔他撞牆的意思。她揉著眼睛說道：「你不明白我的心情……從小到大他總是這樣，每次都讓我傷心、讓我以為他對我沒感情，但最後在我絕望的時候他又老是會補回馬槍，讓我覺得他還是我哥哥，還是我唯一的哥哥……」

「好了好了，接下來回歸正題吧。」老爹一手搭住冰川的肩，另一隻手揪住白陽的後領不讓他撞牆，一副樂於當兩個小孩子的保母似的，「回歸正題，來介紹一下這間寺院的主人吧。」

他這麼說完，白陽才發覺，在寺院大殿的長廊上站著一名僧侶。

他頂上無髮，穿著袈裟，手中拿著佛珠，耳朵有太陽的記號，是不折不扣的太陽院的僧侶；他的臉型方正，眼神犀利而毫無混濁之處，給人一種正氣凜然的威嚴感；但最重要的是，他的額頭上鑲著一顆紅色的寶石，使得他在光線陰暗時看起來有三個眼睛。

「向兩位介紹一下，這位是闍黎，就和你們所看到的一樣，他是太陽院的僧侶，不過他是『第四勢力』的人。」老爹輕聲的說。

僧侶微鞠了一個躬，表情冷淡的說：「蘭，這就是你要我收養的兩個年輕人嗎？」

他們在說什麼白陽完全聽不見，在一看到那個僧侶的瞬間他就愣住了，冰川也是，因為……額頭上的紅色寶石、三顆眼睛——這不就是蒼言曾經說過的那個三眼和尚嗎！

「冰川、小羊，你們今後要暫時躲在這裡，就需要他的幫忙了。」老爹說道：「至於你們要待到什麼時候，還不確定，但至少得先等風波過去。」

「他們是惹到誰了？」閻黎問。

「我公司，環控聯盟。」老爹回答。

「哼，愚蠢，別告訴我是被你們拖累的。」

「呵，這可不是我的意思啊，是某個冷冰冰的人的主意～」

他們就這樣一人一句的聊了開來，白陽和冰川則皺著臉，一副腦筋打結的樣子。

「冰川，他就是一百億元曾說過的那個，有三個眼睛的和尚吧？」白陽悄聲的問。

「應該吧，不然我也想不懂為什麼會有人有三個眼睛了。」

「所以一百億元當初說的……是這個和尚救了她嗎？還讓她坐上白海豚逃跑？」

「對。」

「那……奇怪，事情變得更複雜了啊！那他到底是誰？為什麼要救一百億元？又是誰綁架一百億元的咧？太陽院嗎？還是誰？」白陽被搞得一團亂，頭上滿是問號。

冰川沒有再回答，她直接做出了幾乎要讓白陽嚇死的事。她往前一步，看著閻黎就問：「請問你就是當初救蒼言的那個三眼和尚嗎？」

在場者頓時全都愣住，白陽也是，老爹也是，閻黎也是。白陽甚至嚇得要尿褲子，很想怒巴冰川的頭，罵她為什麼要這麼直接就問出來。但看老爹和閻黎的表情，他卻突然明白，他們恐怕搞砸了什麼。

「閻黎，她說的是什麼意思？」老爹的表情整個大變。

閻黎沒有說話，他抿著嘴，皺緊眉頭看著冰川。

「閻黎，為什麼不回答我？」老爹的語氣變得銳利：「你是不是干涉了那件事？」

白陽偷偷移動到冰川身後，有種「噢噢，完蛋了」的感覺。這件事突然變成了閻黎與老爹之間的問題，他們似乎有某部分的資訊脫鉤了。

「閻、黎？」老爹再次看起來要發火了。

「對，蘭。」閻黎回過頭來看向老爹，手上的佛珠轉了一顆，「是我干涉了那件事，是我救走了蒼神的女兒。」

之後經過閻黎與老爹錯綜複雜的對話和解釋，白陽及冰川才勉強搞懂事情是怎麼一回事。

蒼言的失蹤持續了好幾個月，而在她坐上白海豚上的那晚，有一群耳朵印著太陽記號的僧侶在追她；之後，也陸續發生了許多太陽院要對蒼神不利的事，例如白陽和冰川曾在火車上所看到的那枚炸彈，上頭就印著太陽的符號。然而這一切的一切，最終的真相卻都被白玲當初的一席話猜中了——這些事件徹頭徹尾都與太陽院無關，而是有人要嫁禍給太陽院。而策劃這一切的，就是「第四勢力」。

事情其實很明顯，為了挑撥太陽院和蒼神之間的關係，「第四勢力」綁架了蒼言長達數個月的時間。就在那一晚，他們決定要殺了她。於是他們偽裝成太陽院的僧侶，想嫁禍給太陽院。

「第四勢力」這麼做的理由很簡單，他們本來就想要打亂T島的秩序，若能讓蒼神和太陽院翻臉，打個你死我活、兩敗俱傷，最後勢力重新分配，這樣便完全符合他們的期待。

因此，蒼言失蹤之事，就是「第四勢力」所搞出來的。

然而，這個計畫卻被破壞了。

「第四勢力」原本是要殺掉蒼言的，但在某個階段時，蒼言卻突然被人劫走，他們一路追殺，最後仍然讓蒼言逃走了。

至於這個救走蒼言的人，沒錯，就是闇黎。闇黎就是蒼言所說的那個三眼和尚。

「蘭，我不是叛徒。」闇黎如此說道，語氣卻冷淡得一點都不像是在辯解。

「不是叛徒？」老爹的嘴角抖動了一下，眼裡看起來已經快冒火，白陽從未看過這樣的老爹。

「我已經……已經不知道該怎麼講了，我簡直不敢相信，組織現在在查是不是有內奸，結果原來是你，原來那件事是你從中作梗！你到底在想什麼？還是說你真的要背叛組織？」

「我並沒有要背叛組織。」闇黎平靜的說道，面對老爹的質疑，他的眼裡沒有一絲一毫動搖，「我從沒打算背叛組織，所以，我救了那個小女孩。嚴格來講，是你們背叛了組織。」

「什麼？」

「蘭，『第四勢力』的最初信念是什麼呢？」閻黎問道，然後自己回答：「不就是要站在人民的立場，跳脫於任何一個勢力嗎？」

「我們在做的就是你說的那樣！」老爹提高音量。

「大錯特錯。」閻黎說：「我只問你一點，蘭，你認為那個小女孩該死嗎？」

「現在外頭有多少百姓正在死去就是因為這些自成一國的組織在亂搞！」老爹的語氣憤怒起來。

「我只問那個小女孩，蘭。」閻黎平靜的說。

「是，沒錯。」老爹笑著點了點頭，口氣旋即變得激動：「那個小女孩是無辜，但她的死能夠拯救這個要滅亡的國家！」

「那只是我們認為的大義。」閻黎的語氣依舊平靜，「沒有人應該為此而犧牲，尤其是無辜的人。無論所能迎來的結果是多麼的好，建立在這樣扭曲的基礎上，最終仍是錯誤的。」

「胡說八道！在這樣一個腐朽的世代，沒有犧牲是不可能改變的！」

「所以就可以任由你們這樣胡作非為嗎？」閻黎的音量蓋過了老爹，「破壞鐵路、炸毀大樓，還有學神風隊自爆的，曾幾何時『第四勢力』已經變成了這種組織？」

說到這，他沉默了一下，語氣平復下來：「我一直在等你來，蘭，但我發覺，我們已經不一樣了，你為了你心中的大義，早已經失去了真正的大義。組織裡那些激進派的人已經昏了腦袋，你卻也跟著陷進去。」他嘆了口氣，「那個小女孩是無辜的，這點你應該也知道，不需要我多說。」

老爹抿起嘴，臉撇向一旁，不想再與閻黎溝通。

「她的一聲『不』，就足以讓你們把整個計畫收回，因為她有生的權力，而這才是建立在人本之上，『第四勢力』面對現狀該有的態度。」閻黎緩緩說道：「為了那樣一個籠統的結果，而去犧牲一個無辜的人，這不正是我們一直厭惡的『勢力』、一直厭惡的『多數人』才做得出來的嗎？別忘了『第四勢力』當時成立的宗旨是什麼。」

「現在已經沒人管得了那麼多了！你知道組織裡的人現在在計畫什麼嗎！」

「我當然知道！」閻黎大聲的說著，眼神卻變得黯淡，「現在的組織就像脫韁之馬一樣，已經沒有人拉得住了。你們正在加速這個國家的滅亡，也在加速自己的滅亡，就和太陽院一樣。」

他嘆了口氣，「悲哀啊，我一直以正統的太陽院僧侶自居，卻只能看著佛陀流淚，看著這個宗教被金錢蠱惑、被惡人統馭，走上邪魔歪道之路，怎麼拉也拉不回。如今『第四勢力』也走上了同樣偏激的路，背離民意、走火入魔……我究竟還能往何處去呢？」

闍黎的語氣透著深深的無奈與悲憤，老爹卻不再說話。

之後白陽才知道，闍黎始終以太陽院的僧侶自居，始終信仰著正統的太陽院教義，直至今日也沒有改變。當初他就是因為對太陽院失望，認為他們已經完全背離了教義，成為一個空有虛名的詐騙團體，才會決心加入更貼近於佛陀大義的「第四勢力」。

然而如今，「第四勢力」卻也不再是他所認同的「第四勢力」了，他不禁迷惘，不知自己該何去何從。

「有件事我想確認。」漫長的討論過後，闍黎不再看老爹，老爹也不再看闍黎。闍黎對著白陽和冰川說道：「既然你們會知道是我救了蒼神的女兒，就代表你們見過她，對吧？」

「對。」白陽看了冰川一眼後回答。

「那麼她有對你們說什麼嗎？還是給了你們什麼東西？」

「什麼意思？」白陽緊張道：「蒼言現在已經回到蒼神那裡了啊！她很安全的！」

「我並不是在懷疑你們，我只是很好奇一件事——」闇黎指向冰川懷裡的泰迪熊，問道：「那應該是巨斧泰迪熊沒錯吧？」

白陽和冰川都是一愣，頓時不知該怎麼回答，連老爹都轉過頭來看。

「第一，如果是巨斧泰迪熊，為什麼會毫無攻擊性的讓你們抱？第二，你們見過蒼神的女兒。所以結論是——」闇黎露出意味深長的表情，「我交給蒼神女兒的『舍子』被你們拿走了，而你們用它馴服了巨斧泰迪熊。」

「什麼！？」老爹早白陽一步錯愕的喊道。

闇黎：「就是這樣，那隻熊一看就是長期被『舍子』馴化過的樣子。」

「不，我要問的是你為什麼將『舍子』交給蒼神的女兒？」老爹語氣凌厲的問道。

白陽和冰川又聽不懂了，於是闍黎只好先解釋給他們聽。

「蒼神的女兒，是不是有給你們一個紅色的珠子？」闍黎問。

「對。」冰川點頭。

「而你們是不是把珠子縫進了這隻熊的身體裡，或是用珠子馴化了牠好一陣子？」

「事實上是牠把珠子吃掉了，現在珠子在牠的肚子裡。」白陽回答，一想到這件事他心裡就還有氣。

「那就沒錯了，我看這隻熊已經被淨化得差不多了，要進入最終階段了。」

「進入最終階段？」

「沒錯，那顆珠子叫做『舍子』，能淨化所有的魔物。」說到這裡，闍黎露出深意的表情，緩緩的說著：「那顆珠子，隱藏著鬼島一個駭人的秘密，是足以掀起一場狂風暴雨的秘密。」

T島究竟為何會變成今日鬼島的模樣，一直是個謎。人們普遍相信鬼島氣場的存在，使得體測值太差的人無法出門，而且島上會無限的誕生魔物。

但事情的真相，卻沒有這麼簡單。

「這所謂的『舍子』，是我們從太陽院旗下的研究室裡取得的。經過淨化，才成為珠子的樣子。」闇黎說：「而透過這個『舍子』，我們挖掘了一個不得了的真相。」

「什麼真相？」白陽問。

「T島之所以會變成今日這個樣子，不是天災，而是人禍。」

白陽皺起了眉，不太明白闇黎的意思。一旁的冰川則露出沉思的表情，認真的看著闇黎。

闇黎嘆道：「是太陽院在數十年前的一場實驗造成了今日鬼島的模樣，這並非是實驗失敗，而是大大的成功，意思也就是——今日的T島會變成恐怖的鬼島，是太陽院刻意造成的。」

「什、什麼？」白陽愣住。

闇黎嚴肅的再重複一次：「T島今日會成為鬼島，都是太陽院用一場實驗所製造出來的。」

當時太陽院的瘋狂計畫便是，要讓T島成為妖怪橫行、魔鬼肆虐的鬼島，如此一來才能讓他們的宗教勢力擴展到最大。之後果然如他們所預期的，嚴苛困頓的生存環境讓民心歸向了宗教，使得太陽院一度成為三大勢力之首。

而那場實驗也被隱瞞下來，讓鬼島的成因成了一個謎。

「因此T島開始出現魔物，空氣中也誕生了讓人夜晚不能出門的危險粒子，而『舍子』就是那場實驗的副產品。」閻黎說：「但更令人髮指的，你們知道那些魔物的前身是什麼嗎？」

冰川和白陽都搖了搖頭。

「很快你們就會知道。」閻黎看了泰迪熊一眼，「牠很快就會被淨化完成，到時候你們就會知道，太陽院究竟做出了什麼事。」

老爹按捺不住閻黎如此含蓄冗長的解釋，出聲說道：「總之，太陽院是一切的罪魁禍首，是他們讓國家變成這樣，害了無數的人民。然而他們卻戴起虛偽的面具，成為人民心中的英雄，殊不知今日T島的慘狀就是他們造成的。」他越說越不耐煩了，「那場實驗的殘忍程度是無法被原諒的，而這就是我們『第四勢力』手中，所握有能推翻太陽院的最大武器！全國人民有一天必須知道，在他們面前假慈悲裝高尚的究竟是什麼樣的人物。」

「如果真的是這樣，為什麼你們不告訴人民？你們多久以前就知道了？」白陽問。

「你太小看太陽院了。」老爹不悅的說：「他們控制著輿論、控制著民心。在有更確實的證據前，即使昭示天下，相信的人有幾個？這樣做反而暴露了我們的身分，讓他們有所防備。」

在老爹解釋的時候，闔黎都沒有說話，只是沉著臉。

白陽略懂他的心情，他應該是被戳到痛處了。他一直都以太陽院的正統院士自居，如今聽老爹如此痛批太陽院，他多少會覺得羞愧恥辱。

但太陽院的確做出了天理不容的事，令闔黎憤慨到了極點。白陽猜想闔黎大概也是在發現這個秘密的時候毅然決然退出太陽院，他鐵定認為太陽院在正宗上人的領導之下已經墮落到無可救藥了。

「所以，都解釋完了吧？可以言歸正傳了吧？」老爹攤開手，看向闍黎問道：「那麼我就要問你了，為什麼要把『舍子』交給蒼神的女兒？」

「哪還有為什麼，當然只有一個原因。」

「難不成你要告訴我，你還沒忘記那個天真計畫？」老爹又生氣起來了，「你是要她將『舍子』交給蒼神？」

「是的，除此之外我還能有什麼原因呢？」闍黎淡笑著。

對於「太陽院是鬼島罪魁禍首」的這個秘密武器，闍黎一直有個計畫，那就是：將這件事告訴蒼神，藉他的手將太陽院的真面目掀開來。

以現今T島的局勢，唯一有實力能夠將這件事暴露出來，且給予太陽院教訓的，就只有蒼神一人而已；「魔鬼」還不夠格，他的影響力還不足以做到這點。

「我覺得這個方法很好啊！」白陽激動的說。

「小羊你太天真了！你跟他一樣天真！」老爹不客氣的說道：「這計畫組織當然也

討論過，但才剛提案就被推翻了。」

「為什麼被推翻？」冰川困惑的問。

老爹回答：「道理很簡單，太陽院將國家變成鬼島，獲得最大利益的除了他們自己以外，剩下的就是蒼神了。蒼神就是因為T島成為鬼島，才一舉爬到了今日的地位；蒼神鐵路之所以能夠壟斷T島的經濟，靠的就是獨占夜晚的商場。今日若太陽院的事情被掀開來，將鬼島變回原樣的相關研究必定會陸續進行。到時候要是鬼島氣場被消滅，T島真的變回原樣，蒼神鐵路的優勢就消失了，他們的地位必定會受到極大的威脅，所以……」

老爹沉默了一下，冷聲道：「蒼神畢竟是商人，不會做出有損自己的事。他和太陽院終將會成為一夥，將這個秘密永遠隱瞞住，甚至著手清除我們『第四勢力』，以求這件事永遠不曝光。」

白陽和冰川都愣愣的張著嘴，越想越有道理。

但闇黎卻突然說：「說是這樣說，但我始終相信這個方法會成功。」

「所以我也始終不明白你的腦袋在想什麼！」老爹火大的說。

「你們認為蒼神會和太陽院狼狽為奸，把秘密隱瞞住，我可不這麼認為。」閣黎一副怡然自得的樣子，「別太小看一個人對於正義的追求了，就算是壞人，也是會討厭壞人的；壞人也喜歡好人，別以為壞人就會找壞人當朋友。」

「那是你一廂情願的想法。商人無祖國，可別忘了！」

「那麼你們的計畫又有比較好嗎？」閣黎一笑，「派一群人扮成和尚去追殺一個小女孩、到處放太陽標記的炸彈，這種黔驢技窮的把戲跟鬧劇沒兩樣，連三歲小孩都看得出來。」

白陽非常贊同閣黎的話，連他都能發覺不對勁了，蒼神難道會不知道是有人想從中挑撥嗎？

「那是你不懂，組織是想逆向操作，讓蒼神認為不可能會有這麼蠢的人，於是就會反向思考搞不好真的是……」

「真是夠了！」閣黎打斷他：「你們這群人真的是瘋了，徹底瘋了！」

短暫的沉默之後，闇黎又開口說話，回到了「舍子」的話題上：「總之呢，我原本是打算要讓蒼神的女兒把『舍子』交給蒼神，沒想到在陰錯陽差之下，卻落到了這隻巨斧泰迪熊的肚子裡。」

他望向泰迪熊圓滾滾的肚子，雖是這麼說，語氣卻沒有半點失望：「但我有種預感，覺得蒼神的女兒總會把我的消息帶到的。且蒼神會感到憤怒、會採取行動，而不是只關心他的事業江山——沒辦法呢，我始終相信人心正向的那一面、追求善的那一面。」

一場談話下來，白陽搞懂了很多很多事，之前對於蒼言的總總也都水落石出了。但最重要的是，他總算知道，在這個T島還有一個「第四勢力」，抗衡著其他三個勢力。

除此之外，對於闇黎與老爹的個性，他也深刻地了解透澈了——他們乍看之下同屬於「第四勢力」，但卻有太多太多的不同。

老爹平時看起來飄飄然、像神仙一樣了無罣礙，其實骨子裡是個不折不扣的激進分子。他和冰芥一樣，都帶著一股悲觀思維，認為沒有徹底的毀滅就無法迎來新的局面。

反觀闇黎就很不同，他全身帶著一股正氣，連思維也正向無比，而且懷著大愛的思想，即使是一條性命也要救。遇見他，白陽才知道真正的僧侶該是什麼樣子，他覺得這才是配被稱為僧侶的人，以往遇到的那些都不是！

雖然身為「第四勢力」的一分子，闍黎卻仍以太陽院的僧侶自居，只不過他所堅持的正道與今日已經變質的太陽院不同，兩者不可混為一談。

「有件事我要先告訴你們，讓你們有個自覺。」老爹突然說：「你們——小羊和冰川，你們已經回不去了。」

「什麼意思？」白陽皺眉，有股不好的預感。

「你們已經回不去了，不管是那個家，還是過去的生活。」老爹眨了一下眼，「此番的逃亡，你們必定會成為環控聯盟的頭號追緝對象，而且以我對會長的認識，他鐵定不會放過你們兩個，他會和蒼神合作，發布全國通緝令。」

「為、為什麼？！」冰川嚇到了，「我和白陽只是無名小卒啊！」

「這就是我們的會長，『魔鬼』，你們既然是他認定的惡人，他就會為了逮到你們而不擇手段。且一旦被他逮到……相信我，你們會後悔誕生在這個世上。」

「……」

「所以，你們在這個島上已經沒有立足之地了，環控聯盟不再是你們的家，他們不要你們了。你們唯一的容身之處，只剩下『第四勢力』，這是你們的宿命。」老爹嘆了口氣，拍拍冰川的背，「你們只能成為我們的一分子了。冰川，妳必須遵循妳哥的路，放棄以往的那些天真，從此以決絕及堅毅走下去。」

「為、為什麼……？」冰川再次問道，心底湧起的是一股恐慌感。

「沒有為什麼。」老爹站起身來，望向遠方，背影透出一股淒涼，「這是宿命。」

▶◎◀◎▶◎◀

之後，老爹和閣黎走到了庭院角落，看著池塘的流水一面交談，兩個人的臉上都有些笑意。

白陽不禁很好奇他們之間到底是什麼關係，明明剛才數次針鋒相對，且他們對彼此也有滿滿的失望與不諒解，但此刻卻又像老朋友一樣聊起來。

而白陽倒是第一次知道老爹的名字，他叫做「蘭」，非常特別的名字。

「欸，冰川，怎麼辦？我們回不去了欸……」白陽悶悶不樂的說。

「什麼？」

「妳沒聽剛才老爹說的嗎？我們已經沒退路了，只剩下『第四勢力』能選擇。」

冰川沒有回答，而是很開心的抱著她的泰迪熊，玩著拋高高的遊戲。

「妳到底有沒有在聽我說話啊！」

「有啊。」她轉過頭來，露出一個平靜的微笑，「雖然情況就如你說的那樣，但不知為什麼，我突然覺得很輕鬆呢，有種如釋重負的感覺。」

「如釋重負？」

「是啊，因為我已經沒有秘密了，而他也沒有秘密了。」

「他？」

「就是指大家的意思啦，不管是老爹、你，還是言言，很多秘密都真相大白了。當然，還有我哥……」她的眼神變得溫柔，「第一次覺得我跟冰芥這麼接近。」

白陽張開嘴又合上，什麼話也沒說。看著冰川的臉，他好像明白了她的心情。

一直以來冰川都活得很辛苦，她做了許多違背良心的事，且背負著許多秘密，連最親近的白陽都不能透露。然而，她卻又是最被蒙在鼓裡的那個人，她從來不知道自己為什麼要被逼著做那些事，連問都不能問，只能概括承受，還有比這更悲哀的事嗎？

但現在一切都真相大白了，她知道了「第四勢力」、知道了自己以往做的那些事都不是沒有意義的；而且這也是她第一次走進兄長冰芥的世界，她第一次，多少了解了他在想什麼。

比起之前自己孤軍奮戰、昧著良心做事、什麼都不曉得、有心事只能獨自承受、連白陽都不能訴說的那種生活，此刻雖然被逐出了聯盟，還被人追殺，但冰川卻覺得如釋重負。

「總覺得，好輕鬆啊。」冰川由衷的說道，眼眸閃爍了一下，伸了一個大懶腰。

燦爛的笑容綻開來，好像午後的微風再加上和煦陽光那樣子的無敵組合。白陽不禁看得出神了，印象中，他已經很久很久沒看到冰川這樣笑了，宛如能笑進人的心坎裡一樣，除了溫柔，更帶著一股令人怦然心動的美麗。

然而下一刻，巨斧泰迪熊卻爬到了冰川的臉上，阻撓白陽繼續欣賞冰川的笑容。

——幹什麼！你這隻掃興的臭熊給我滾啊！

白陽才想著要怒罵，卻突然發覺不對勁。畢竟這隻泰迪熊再怎麼白目，也不曾像這樣沒禮貌的爬到冰川臉上。

「咦？」冰川在為難地抓下不斷掙扎的泰迪熊後，也露出疑惑的表情。

微風吹來，夾帶著一股不尋常的香氣。老爹和闍黎同時停止了交談，面露警戒的轉過身來。

「我說，你們有沒有聞到一股花香味？玫瑰的香味……」如此問出口後，白陽便愣住了，他突然意識到了自己的話代表什麼意思。

在寺院那圍籬做成的大門之外，一個小女孩站著。

她提著花籃，蕾絲的裙邊被燒出一個洞，看起來十分狼狽；她的臉上沒有任何笑意，看起來憤怒至極，且目標明確。

「追到你們了。」

探入花籃裡的手舉起，玫瑰色的碎片如雨點般落下；在那稚嫩的聲音響起的瞬間，嗆人的花香撲鼻而來，同時也帶出了她的身分——

是芙蕾兒追來了！

05
三眼和尚VS.玫瑰女王

「哇靠，真的假的，她打敗妳哥追上來了欸！」白陽驚道。

「不一定真的打敗了我哥吧？」冰川遲疑的說：「畢竟我哥只是我變出來的幻影，不是嗎？說不定我們一走他就消失了。」

「也對喔，但看來她還是吃了不少苦頭啊。」白陽竊笑：「妳看她的裙子有些地方都燒焦了，一定是妳哥的傑作！」

「混蛋老鼠！」也不知是不是聽到了他們的對話，芙蕾兒整個暴怒地衝過來。天地之間頓時狂風大作，無數的花瓣從四面八方湧來，場面十分驚人。白陽和冰川立刻呆住了，他們這才明白芙蕾兒已經和之前不一樣了，此次的氣勢非比尋常，她即將拿出真本事。

只可惜白陽和冰川這邊也不一樣了，現在已經輪不到他們出手了，因為在場的還有閻黎和老爹。

「來者何人！還未報上名來竟敢就在我的地盤如此放肆！」閻黎喊道，手上的佛珠一轉，刺眼的金光立刻從他手中迸現，眨眼間便收拾了所有吹過來的花瓣。

「我才要問你是誰哩！你這隻光頭老鼠竟敢阻撓本公主的路！看我怎麼對付你！」芙蕾兒整個人氣炸了，伸手將整個籃子的花瓣都撒了出來，張開手擺出一副呼風喚雨的姿勢。

這下子更加驚人了，從地面、從空中，無數的玫瑰花瓣飛出來，宛如天地靈氣被吸收一般，盤旋著往芙蕾兒懷中飛去。

「大師，小心啊！她會使用幻術！」白陽不禁冒出冷汗。

「用幻術也沒用，我的寺院金光普照，任何妖孽都不能在這裡放肆。」闇黎說道，口中唸唸有詞，白陽頓時感覺四周的空氣都在增溫。

闇黎看向芙蕾兒說道：「我再給妳一次機會，報上名來，否則會發生什麼事我可不敢保證。」

「報名你個頭啦！本公主就是鼎鼎大名的芙蕾兒大人，竟然連這個都不知道！」

「芙蕾兒？」闇黎停頓了一下，然後說：「那麼芙蕾兒，如果妳是要來這裡捉拿我這兩個小夥伴的，我可恕難從命，請妳自行離開此地。」

「離開你個頭啦！看我怎麼打扁你！」

「看來我們是沒有共識了。」

闍黎手中的佛珠一轉，大量的金光立刻如海水一般從他腳下湧出，竄起了數層樓高的浪，抵擋了從芙蕾兒懷裡所發射的高能花瓣光束。

白陽不禁看得傻眼了，他是第一次見識到這麼高規格的戰鬥，如此厲害的場面已經遠遠超越了他的想像。剛才的情況要是他和冰川置身在其中，他們兩人根本無法躲過芙蕾兒的攻擊。

只不過這麼一來一往後，雙方突然就不再出手了，而是互看著對方，揣測著彼此的實力。

「老爹，換你上啊！你們是二打一啊！」冰川突然喊道，一副興致勃勃的樣子，頗像是對著球場內喊話的熱情觀眾。

白陽實在很想巴她的頭要她別鬧了，但令他不敢相信的是，老爹在聽到她的話後真的開始有了動作。

老爹動了動手腕，緩步朝芙蕾兒走去。他的臉上帶著意味深長的笑容，身後的銀髮飄蕩，一副從容自在的樣子。

白陽不禁屏住呼吸，從心底湧出一股興奮感與焦躁感。眼前這三個人的實力都深不可測，他實在很想知道究竟是誰比較強。

然而，就在老爹踏進芙蕾兒攻擊範圍的瞬間，芙蕾兒突然怒道一聲：「你這隻假老鼠不要來搗亂！」她伸手一敲，空中便跟著出現一隻花瓣手往老爹頭上敲去，啵的一聲就將老爹敲不見，發出類似泡泡破掉的聲音。

一個白色的骷髏頭掉下來，喀的一聲掉在地上。

白陽整個傻住，冰川也是。一個好端端的人就這樣憑空消失了，他們簡直不敢相信。

「到底……發生了什麼事？老爹呢？」白陽驚駭的問，感覺自己的聲音在顫抖。

「那傢伙早就回去了。」闍黎回答。

「什麼？」

「嗯，應該說那傢伙從頭到尾都沒來過，是他的骷髏代替他來。」闍黎說：「抱歉了，都沒跟你們講，我想說你們應該知道，因為是顯而易見的事實。」

白陽還是搞不懂，冰川也是，但闇黎和芙蕾兒卻都一副理所當然的樣子，芙蕾兒還一腳踩碎了那個白色骷髏頭，朝闇黎發動攻擊。

「難不成剛才跟我們說話、把我們帶來這裡的老爹，全都只是他的分身而已嗎？那個骷髏頭？」白陽吃驚的看著冰川問。

「一定是！哇，老爹真的好厲害喔！」冰川的雙眼發光，「早知道之前就應該跟他要一個骷髏頭。」

「妳夠了！」

玫瑰花瓣從天而降，聚集又散開，聚集又散開，像機關槍一樣咻咻咻地打向闇黎。

白陽實在很好奇，芙蕾兒到底是從哪裡弄來那麼多花瓣的？她該不會有一項能力叫做「能獲得無限的玫瑰花」吧？

「你這隻噁、心、臭、老、鼠！」一直都打不到闇黎，芙蕾兒發火了。

粗大的黑色荊棘從地底鑽出來，張牙舞爪的朝闇黎襲去；同時，所有的花瓣匯聚成一條巨龍，衝破保護閻黎的金浪，張開血盆大口就要吞噬閻黎。

「去死吧！光頭老鼠！」

在所有的攻擊砸向閻黎的那一剎那，白陽耳鳴了。只見閻黎瞪大眼威嚇一聲，抓起手中的佛珠朝地面一壓，巨大的能量便以他為中心向外擴張開來，以刺眼的金色光圈呈現——地面不再平坦，而是如同水面那樣一圈波浪接著一圈波浪震盪，吸收了所有的攻擊，將荊棘折斷、將巨龍抹散；連寺院都跟著晃動，白陽背後的大柱子隨之上下搖晃，讓他很快就頭暈了。

耳鳴還在持續，一個以閻黎為中心的力場則已經形成。金色的光圈如同太陽一樣刺眼，宣示了那股不容冒犯的莊嚴，並旋轉著帶出了那令人熟悉的圖樣，便是閻黎耳朵上的圖騰。

「你……你這傢伙……」芙蕾兒後退了幾步，被那眩目的金光逼得睜不開眼。但她實在嚥不下這口氣，只見她伸出右手，一把花瓣製成的粉紅色匕首便在她掌中成形。

「我要打爆你！」芙蕾兒衝了過來。

白陽這才知道原來芙蕾兒的近戰身手也十分了得，她朝空中一躍，雙手握住匕首刀柄，便在花瓣旋風的引導下像一枚子彈般朝闍黎高速射去。

在匕首砍向闍黎那金光庇護的身體時，白陽怕得幾乎要閉上眼睛，隨後鏗鏗鏘鏘的聲音傳進耳中。

芙蕾兒不斷朝闍黎攻擊，即使砍起來像在砍鋼鐵，她依然以飛快的速度揮舞匕首，且刀刀揮向致命處。每一秒她的速度都在加快，比起一開始，現在白陽只看得見刀子碰撞所產生的火光，芙蕾兒移動的身影已經看不見了。

她就像是蜂鳥一樣，每個動作都稍縱即逝，瞇眼也看不清楚。

相較之下，闍黎顯得十分被動，他抓緊佛珠，面對芙蕾兒的攻擊好像金剛護體一樣不動如山。然而，隨著芙蕾兒的攻擊越來越凌厲，他開始面露難色，咬著牙一副忍痛的樣子。

「別開玩笑了，一步……一步也不能讓妳在此地胡為……」只聽闍黎這麼咕噥了一聲，佛珠倒置一轉，大量的金光便又乍現。

金光從闇黎的腳底下迸發泉湧，氾濫了整個廣場。芙蕾兒的匕首直接被沖飛，芙蕾兒更是在尖叫一聲後被推了出去，摔在地上後又被金光沖刷出寺院，眨眼間便消失在寺門口。

「結、結束了？」白陽吃驚的問。

「還早得很。」闇黎面不改色的站在原地，握緊手中的佛珠看著寺門。

果然，芙蕾兒又捲土重來。她抹著臉踏進寺院，全身上下淨是泥巴，看起來既狼狽又憤怒。

到了此刻，白陽已經不知道誰會輸、誰會贏了。雙方似乎已經拿出了真本事，卻好像又藏了一手沒有發揮，他只能目瞪口呆的看著，冰川也是。

「哼。」芙蕾兒也沒心思再說什麼，持著匕首就再次衝過來。

會是和剛才一樣的狀況嗎？不，白陽可不這麼覺得。

果然，在數次的揮砍後，芙蕾兒的身上飛出了許多玫瑰花瓣，像惱人的蝙蝠一樣直往闇黎臉上撲去。

一旦無法專心，閻黎的金剛護體就會無效。在閻黎撥開臉上花瓣的瞬間，芙蕾兒抓緊匕首精準的往他腹部刺去——白進紅出，鮮紅的血沾染了刀鋒，閻黎終究受傷了。

「大師！」白陽大叫。

在這個時候，芙蕾兒仍趁著閻黎護體失效而猛砍他。

「荒、荒唐至極……」閻黎發出沙啞的聲音，雙掌合攏了起來。

承受了那麼多刺擊，他卻任由芙蕾兒繼續揮砍，甚至還閉上眼，一副進入打禪狀態的樣子。

寺院內的風停止，空氣的溫度急劇升高，白陽感覺自己全身的寒毛都豎了起來。芙蕾兒敏銳地察覺到不對勁，放下匕首就要跑，卻已經來不及了！

「旭、日、東、昇！」

巨量的金光炸開來，以閻黎為中心，向外造成了毀滅性的衝擊。白陽和冰川都被震倒，更別提芙蕾兒了。

芙蕾兒被炸得花容失色，臨時召喚出來抵擋的花瓣全都燒焦了，她本人則又被轟出了寺院。

一道明亮的紅光從煙塵中射出來，閻黎緩步走出，他睜開了第三隻眼──他額頭上的紅色寶石發光，宛如連第三隻眼睛都睜開來一般，覺醒了。

「你……原來你是三眼老鼠！」芙蕾兒滿臉泥土的再次走進寺門，用那可笑的詞彙表達著她的震驚，「好啊，難怪這麼難打，原來是三眼老鼠！」

閻黎一眼都沒有看她，而是持著佛珠站定，一副心如止水的樣子。

「我要打死你！」芙蕾兒尖喊，兩手都變出了花籃，且四周的地面倏地竄出一叢又一叢的玫瑰，霎時間一片鮮花簇擁。

閻黎周圍的強大力場讓她不再嘗試近戰攻擊，只見她雙手一甩，將花籃都拋出去，一陣強風便襲捲了所有的花瓣往空中帶去，鋪天蓋地的遮住了太陽。

「上吧！咬死他！」

漫天的花瓣分裂成了數條巨龍，每一條都比白陽之前見過的更大、更凶猛，且白陽注意到，芙蕾兒用的花瓣已經不再是紅色，而是一種接近藍色的紫花瓣。

巨龍咆哮著往閻黎衝去。

「大師，小心啊，後面也有！」冰川喊道。

然而面對這一切，閻黎卻依然一副穩如泰山的樣子。他額頭上的紅寶石閃閃發亮，腳下的金色光圈更是耀眼，宛如已經鎖死了周遭的區域，成為一個絕對防禦的範圍。

花瓣龍以驚人的氣勢衝來，陰影幾乎覆蓋了整個地面；閻黎背後的那條更大，張著巨嘴就要用利牙將他攪碎。但閻黎閃都沒閃，他在花瓣龍進入攻擊範圍的瞬間伸手一撥，憑空便改變了龍的軌跡，宛如打了它一巴掌似的將它甩到旁邊。

巨龍摔在地上散成了無數花瓣，強大的衝擊波令白陽和冰川雙雙跌倒，整座寺院更是搖搖欲墜，唯有身處在那金色光圈內的閻黎不受影響。

從背後突襲的那隻巨龍也被解決了，接下來的幾隻也是，沒有一隻花瓣龍能夠真的咬到閻黎。閻黎不知怎麼搞的，只要一伸手，就會有一股隱形的力量做出相同的動作，將巨龍打到一旁。

但事情可沒這麼簡單。

「哼。」芙蕾兒冷笑一聲，雙手環胸一副看好戲的樣子。

只見那些摔在地上散掉的花瓣又重新聚集成巨龍，復活後再次衝向闍黎。且每被打散一次，花瓣的顏色就變得更藍，龍也變得越來越凶暴，讓闍黎越來越難應付。

闍黎的表情不再平靜，他明白自己處於劣勢，再這樣下去不行，於是他翻轉佛珠朝胸口一壓，如雷響一般的張嘴怒吼威嚇——他額頭上的寶石爆出光輝，超量的金色光芒從他嘴裡迸發，噴向了整個廣場。

來襲的所有巨龍瞬間被推到無限遠的彼端，隨著金光射向地平線而隱沒在天際。

接著闍黎劃開腳步，趁著金光充裕之便，將地面變成了一池翻騰的金色糖漿，掀起波浪將芙蕾兒拋至空中，且伸出了數條巨型觸手朝芙蕾兒襲去。

戰鬥的節奏從此刻起完全改變，一直都挨打的闍黎轉被動為主動，發起凌厲的攻擊。無論芙蕾兒擋不擋得住，白陽覺得這個趨勢都不會回去了。

「哇哇！臭老鼠！臭老鼠！」芙蕾兒死命掙扎，在被拋起的瞬間一雙鞭子在她的左右手成形——

剎那間電光一閃，白陽彷彿看到有兩條巨大的觸鬚從芙蕾兒身上竄出來似的，咻的一聲掃過大半個庭院。狂風驟停，所有的觸手都被斬成兩半，扭動了幾下後消失不見。

芙蕾兒從高空跳到地上，手上的鞭子散成花瓣，飛舞在她的四周好似護花使者。

「……」

「……」

戰鬥進行至此已不需要任何言語，闍黎和芙蕾兒站定看著對方，一邊是金光萬丈，一邊則粉色漫天。比起仇恨，到了此刻，他們之間的情緒更接近於一種執著，無論如何這場戰鬥勢必得分出勝負、做個了結。

芙蕾兒躍上了空中。

「又是那招嗎？」闍黎如此唸道，腳步一踩便從眼前的金池召喚出一道直衝天際的湧泉。

「看、招！」

芙蕾兒雙手一張，整個天空的花瓣迅速聚集，凝結成一道高能量的衝擊波發射出去，同時闇黎的金浪湧上天空——

白陽立刻捂住耳朵，連看都不敢看了。而在轟隆一聲後，兩道衝擊波撞在一起，低頻率的聲響炸了開來，不斷侵襲白陽的腦袋，久久沒有停止。地面跟著搖晃不已，且碎裂變形。

當白陽睜開眼時，戰鬥又不知已經進行多少。眼前所見變得十分詭異，天空中充滿了高速移動的金色顆粒，那些顆粒來自於地面的金池，就像飛魚躍出水面那般朝芙蕾兒射去。

芙蕾兒則絲毫沒有閃躲的意思，她甩動手中的花鞭子打消闇黎的攻擊，宛如一隻張牙舞爪的大章魚。

「羊，你看……」冰川在此時拉了一下白陽的衣袖

順著她的手勢看去，白陽的心一沉，眉頭都皺了起來。

闇黎的右腳跛著，破掉的袈裟露出了裡頭的血肉模糊，一看就知道是銳利花瓣的傑作。不僅如此，他的身上還有其他傷口，而且都不是輕傷。

「嘖。」白陽不禁擔心起來。

戰鬥越是進行下去，閻黎所搶回來的優勢又一點一點失去。反觀芙蕾兒，雖然衣服有多處破損，身體的狀態卻十分良好，甚至有越戰越勇的趨勢。

難道這就是實力的差距嗎？白陽不禁錯愕。

他曾經以為閻黎的正氣足以震懾住一切，如今這樣打下來，芙蕾兒卻顯得技高一籌。他實在無法相信，像閻黎這樣強大的人竟然會輸！

但似乎也應該問，芙蕾兒到底是何方神聖啊！為什麼會強得這麼不像話！？

「你的死期到了，臭三眼老鼠！」芙蕾兒高喊，從手中變出了她的花籃。

接連的攻勢已經大大地削弱了閻黎所布下的金色力場，且重挫了他的銳氣，讓他頭上的紅寶石變得暗淡。任誰都看得出，跛著腳喘氣的閻黎已經打不贏芙蕾兒了。

「別太小看人了……」但在芙蕾兒所凝聚出來的超大花瓣光束前，閻黎仍露出無畏的表情。他喘著氣，咬著牙關說：「只要有我在的一天，妳這無禮之徒休想在神明面前放肆！」

「哼，你就只會耍嘴皮子而已，太陽院最會耍嘴皮子！」

「不要把我和那群人混為一談了！」闇黎用低沉卻憤怒的聲音說道：「漫漫長夜之後，旭日依舊東昇。我堅守的是人們對於黎明的期待與盼望；堅守的是人們生存在這個島國上，對這塊土地的信仰；堅守的是他們相信明日太陽依舊會升起的那股信念！」他吼了出來。

芙蕾兒有點被嚇到，但還是不服輸的說：「你這麼大聲也沒用！你的佛珠已經碎了！你打不贏我了！」

聽她這麼說，闇黎鬆開手，碎裂的佛珠立刻滴滴答答掉得滿地都是。

但闇黎卻笑著搖搖頭，「看來妳還是不明白啊，人類對於神明的信心，遠比一切的聖物都來得可怕。」

「什麼？」

「連這點都不懂的話，如果我輸給妳這樣的人，還真的是慚愧到抬不起頭啊。」

「原來你說這麼多最後只是要數落我！」芙蕾兒徹底被激怒了，只見她握緊雙拳朝闇黎揮去，「去死吧！」

天地之間的氣氛驟變，所有的花瓣高速地撞成一團，融化充能而形成一道驚人的激光咻地射出。

眼前一陣眩目，白陽感覺自己的耳朵和指甲都快燒焦了，吸進去的空氣更是沸騰似的——芙蕾兒此次攻擊的猛烈程度已經遠超過了眾人的想像，白陽明白，勝負將會在這一瞬間決定。

「所謂太陽，就是人們對於黎明的那股渴求與盼望。」但面對如此毀滅性的攻擊，闇黎卻露出了前所未有的平靜表情，「今日，依舊平安和諧。」聲音一斷，只見他的雙眼充血圓睜，額頭上的紅寶石碎裂爆開，身影已經融在芙蕾兒的激光裡，「如來神掌，一、掌、入、魂！」

闇黎伸出右掌一推，巨大的衝擊波立刻爆開來，然後白陽就倒地了，只能瞪大眼跌坐在地，無法言語。

那一掌打出的瞬間，所有的攻擊都被瓦解掉——與其說是瓦解，更像是直接消失！

除此之外，闍黎周身數百公尺的範圍內，所有的東西都被消滅了，不管是樹木、石頭、圍籬還是寺院本身。風平浪靜之後，一片空蕩蕩的，只剩下他腳下那個地面凹陷的圓還存在。

而在白陽腦海裡揮之不去的是，闍黎的那一掌直接隔空打向站著的芙蕾兒，就打在她的臉上。那一瞬間，芙蕾兒就像是被打飛了靈魂一樣，全身上下，每個細胞、每根頭髮，甚至是心靈深處及腦袋瓜裡的想法，全被重重的衝擊了。

她的頭髮邊緣燒焦，指甲也全都斷裂，而在她身後，地面更被拖出了長長的衝擊痕跡，延伸了不知多少公尺。她雙眼空洞的站著，眼神呆滯的泛出一絲淚水，最後張著乾裂的嘴，腿軟的跪在地上。

「……」白陽目瞪口呆的坐著，爬也爬不起來，感覺自己全身在發抖。

這一掌，太驚人了。

然而，闍黎的狀況卻也沒好到哪裡去，他額頭上寶石裂開的地方流出了鮮血，他本人則半跪在地，眼神虛弱憔悴，一副老了五十歲的樣子，耗盡了所有的精力。

但接著，令人不敢相信的事發生了。

「哼哼哼哈哈哈哈！」承受了如來神掌的芙蕾兒竟然站了起來。

她仰著頭笑著，聲音尖銳刺耳，頭髮凌亂披散，看起來像極了瘋婆子。

「哈哈哈哈哈，你說魔魔大人不愛我嗎？這怎麼可能呢，魔魔大人是我的最愛！我的最愛是魔魔大人！」

白陽和冰川都傻眼了，相較於一頭霧水的闇黎，他們並不是不了解她的話，而是不了解她為什麼現在要說出這些話。

「哈哈哈，你說我能夠輸了這場戰鬥嗎？魔魔大人會允許我輸嗎？你們真的知道魔魔大人是什麼樣子的人嗎？」她誇張的笑著，「你說，魔魔大人不愛我嗎？不可能！魔魔大人心中只有一個我！哈哈哈哈哈！」

她那淒厲的笑聲令人不寒而慄，宛如魔鬼出現前的地獄之音一樣，引出了人們心底最深的恐懼。

「逼我使出大絕。」然後，她突然收起了笑容，用那瘋子一般的面容，從手中的花藍拿出了一枝——藍玫瑰。

「在此獻上，我對魔魔大人的愛！」她圓睜著雙眼說道，將藍玫瑰往地上一丟。

任誰都無法反應的，藍玫瑰觸地的瞬間，一隻巨大的惡魔黑手伸了出來，攫住闇黎就將他往地底拖去。

「大師！」

「大師——」

白陽整個人嚇到流出眼淚，即使有想到要出手救闇黎，身體卻發軟得爬不起來。

闇黎在墜入那黑暗洞穴之前，雙手在地面一拍，爆出一道金光，硬是緩衝了魔手拉扯的力道。他對白陽說：「你們……快去找蘭，一定要活下去，快……」

刺眼的金光襲來，當白陽回過神時，他和冰川已經被闇黎用最後力氣所召喚出來的金浪沖了出去。白陽顫抖的流著淚，即使不回頭他也明白，闇黎已經被那隻惡魔手拖進地獄裡了。

闇黎已經死了，被芙蕾兒殺死了。

「冰川……」白陽淚目的看向冰川，不料冰川卻抖得比他厲害，眼裡充滿恐懼。

「羊，那是……那是『魔鬼』的手，對吧……」冰川顫抖的問。

是的，芙蕾兒確實強得不像話、確實打贏了闇黎，但白陽明白，不知為何他就是明白，剛才那隻從地底伸出來的巨手，是「魔鬼」的手——芙蕾兒召喚了她的主子！

頭一次白陽感覺到，在這個島國真正的魔王面前，他有多麼的弱小。

06 天殺的全國通緝令！

金浪帶著白陽和冰川飛了很遠很遠的距離，之後便逐漸衰弱消失。白陽不知道自己在哪裡，也不知道自己該怎麼辦。

空氣中沒了花的香氣，他的腦袋清楚不少，但他仍處於驚嚇中，冰川也是。他們兩人的臉上都掛著淚痕，腦海裡揮之不去的則是闇黎被拖入地底的恐怖畫面。

「羊，不能耽擱，我們……我們要趕快走！我們要趕快走！」冰川急切的拉著白陽的胳膊，連喊了兩次：「我們要趕快逃離，芙蕾兒隨時會追上來！」

「那個女孩是怪物。」白陽呆滯的說：「她是怪物。」

「快點走啊羊！」冰川急得快要哭出來了，「她是怪物沒錯，被追到我們一定會死的！大師好不容易替我們爭取時間……」

或許不該說芙蕾兒是怪物，可怕的是那隻鬼手才對，她只是負責把它叫出來而已。但光是這點就很恐怖，芙蕾兒和「魔鬼」之間不知有什麼連結，玫瑰花一丟竟然就能把他召喚過來！

說到「魔鬼」，若蒼神是這個T島的皇帝、正宗上人是這個T島的教宗，那麼「魔鬼」就是這個T島的魔王了。

世人對「魔鬼」的評價兩極，有人說他殘虐無道，也有人說是他守護了T島的和平。這兩點白陽都贊同，畢竟若沒有「魔鬼」的統馭，環控聯盟只是一盤散沙，根本不可能團結起來；這點就和他的殘虐無道相輔相成，就是因為他太恐怖了，才有辦法壓制全島超過十萬名的環控員，若換作是別人，是沒有此等本事的。

因此，確實是他守護了T島的和平，而他的暴虐則讓聯盟的全體成員不得不上緊發條，誰也不敢出差錯。

衝著這點，甚至還衍生一個說法：他們說像鬼島如此惡劣的環境，成天魔物肆虐、鬼島氣場籠罩，唯有比它還要凶惡、比它還要狠毒猙獰才能制伏得了它，因此環控聯盟會長的位置非「魔鬼」不可，唯有他的那股「惡氣」才能夠鎮壓得住整個T島的氣場。

總的而言，世人們對於「魔鬼」的評價還是負面的，相關的謠傳也滿天飛，例如他喜歡嚼活人的手指當零食，平時的飲用水也是鮮血等等。究竟是真是假白陽不知道，但他怕極了「魔鬼」就是了，尤其他才剛經歷那麼可怕的夢魘。

「羊，大師叫我們去找老爹，難道是叫我們去他的辦公室嗎？但那裡不是在聯盟的大樓裡嗎？我們會自投羅網吧？」冰川問。

「我不知道，我什麼都不知道了。」白陽筋疲力盡的說。

「那我們該怎麼辦？我們還能去哪裡？芙蕾兒隨時會追上來呀！」

此話一出，又讓白陽被驚嚇一次，神經質的帶著冰川就逃跑，縱使他根本不知道該往哪個方向跑。

天色逐漸暗了，一整天下來，他們經歷了太多太多事。如此躲躲藏藏一會兒後，兩人終於冷靜了下來。

白陽用公園洗手檯的冷水潑臉，才好不容易讓思緒沉澱。他腦海裡的恐懼稍稍被麻痺，取而代之的是對於他們此刻處境的擔憂及思考。

他和冰川在公園的石階上坐下，分食冰川不知從哪裡弄來的巧克力。巨斧泰迪熊依然還在，但不知從何時起牠的存在感就很低。牠坐在冰川身旁，偽裝成玩具熊一副隨時會倒下去的模樣。

「我們躲在這裡會不會有事啊？」冰川突然悶悶的說。

「別烏鴉嘴！我走不動了。」白陽憔悴的回答：「而且我們這樣根本也不算躲。」

「那我們要怎麼辦啊？可以偷偷回家嗎？」

「別傻了，花瓣女說不定就在家裡等我們。」

就在此時，他們看到了遠處大樓的電視牆上正在播報的一則新聞。雖然是重播早上的新聞，卻仍有許多人駐足觀看，畢竟它所帶來的震撼性絕對是這幾年來數一數二的。

之前曾提到有人民在抗議環控聯盟的事，如今依然是抗議事件，但對象卻換成了蒼神鐵路——白陽和冰川不禁傻眼了，畫面裡所呈現的，正是一群人圍著蒼神某間公司的大樓舉牌抗議的舉動，且不過才早上的事而已。

雖然這兩、三天以來，白陽已經習慣了環控聯盟被包圍抗議的新聞，但這可不代表現在蒼神被抗議的事就可以輕鬆帶過——先是聯盟，後來是蒼神，這些人的目標可不只有一個，他們到底在想什麼啊！瘋了嗎！

這些抗議行動從頭到尾都是不正常的，先前已經強調過，T島人民任勞任怨，有什麼苦只會往肚裡吞，被打被揍從來都不還手，如今他們卻接二連三地上街頭抗議，這到底是怎麼一回事？

白陽才正覺得困惑，真相就大白了。

電視螢幕裡抗議的人群中，大人、小孩都有，他們手持立牌，上頭不是寫著「低新凶手」、「無良商人」，就是在痛罵蒼神的貪婪。而其中最引人注目的，莫過於那個站在最前方的少年——他綁著頭巾，激動的領著群眾痛罵蒼神，眼裡滿是憤恨與不服從——不管是抗議環控聯盟還是抗議蒼神，無疑就是他策劃了這些行動，這一陣子大大小小的動亂都是由他所發起的。

「又是他！他到底想幹嘛啊！」白陽不高興的說。

「當然是為了人們挺身而出呀！」冰川回答，並指著螢幕大聲說：「你看，他們很生氣，人們真的快活不下去了！」

螢幕裡的抗議者看起來都很憤怒，他們舉著牌子圍在蒼神的大樓前，指責他是惡魔、是吸血鬼，掠奪了全島的財富、榨乾人民的血汗錢、壟斷所有資源，害得勞工們普遍低薪，有的連奶粉都買不起，幾乎快家破人亡。

白陽不禁想起了老爹不久前才剛說過，T島的人民全是木頭人，被蒼神搶走了財富、被太陽院蠱惑了心智、被環控聯盟剝奪了自衛能力，都已經成了廢人還渾然不知。所以像這樣子大規模的上街頭抗議，確實是他第一次看到，用吃驚或難以置信都不足以形容了，畢竟過去這幾十年來可從未發生過這種事。

此時，就在白陽和冰川都目不轉睛的看著電視牆上的新聞，看著電視裡那名領頭少年在咆哮的時候，一個長得和他一模一樣的人從他們面前晃了過去。

他的臉上沾著泥巴，雙眼卻依然銳利有神，且帶著一股叛逆與倔強，一看就不是什麼好孩子；他的額頭上綁著一條黑頭巾，髮絲是亮眼的金色，白陽不得不說他看起來就超帥的。

少年就這麼從草叢裡竄出來，像在逃跑的樣子跳過石階，連看都沒看他們一眼。

「冰、冰川，他不就是電視裡的那個人嗎？」白陽茫然的說，並指著電視，「和電視裡的長得一模一樣啊！」

「對，他是阿尼！」

「阿、阿尼？妳什麼時候知道他的名字……喂，妳要帶我去哪裡啊！」

冰川拉著白陽就往少年的背影追去，也不顧白陽有多麼錯愕。

少年跑得很快，金髮雖顯眼卻一閃即逝，讓冰川不得不加快速度，在公園裡拐來拐去，就怕追丟。

「冰川，妳追他幹嘛啊？冰川！」

「冰川，妳該不會是要叫他罩我們吧？別傻了啊！」

「冰川！」

追著追著，他們離開了公園，最後踏入一個像是空曠停車場的地方。

少年也在此時停了下來，他迅速地轉過身，就這麼和追過來的白陽、冰川正面碰著。

「你們是誰？從剛才就一直追，又在那大呼小叫的，我看應該不是蒼神的人吧？」他不友善的問。

「蒼神？」白陽和冰川對看一眼，都露出疑惑的表情。

但白陽馬上就想到，少年早上抗議蒼神的事鐵定替他引來了麻煩，會有蒼神的手下在追他也不是什麼奇怪的事。

所以重點是早上他還帶著那麼多人，為什麼現在只剩下他一個？他又要去哪裡呢？

「請你幫幫我們，我們也被追殺了。」冰川直接說道。

「冰、冰川！」白陽驚得幾乎要踢她屁股。

「被追殺？被誰追殺？」少年嘲笑了一下：「瞧你們兩個這副模樣也會被追殺？」

「你說什麼啊你！」

「跟我來吧。」少年突然冷冷地說了這麼一句，轉身就又開始跑起來。

冰川見狀，拉著白陽又追了上去。

白陽實在很想叫她別鬧了，她到底是哪來的想法認為他們可以將身家性命寄託在這個人身上啊！

只不過少年好像很習慣收容像他們這樣逃亡的人似的，面對他們如此突兀的出現，甚至連名字都還不知道，虧他能這麼爽快的就帶他們一起走。

之後白陽才知道，少年當時的確是在逃避蒼神的追殺。早上的那番抗議舉動已經引起了蒼神的不滿，派出軍隊要將他們抓起來，所以群眾們當下就一哄而散。

少年逃著逃著就逃到了公園，從白陽和冰川面前經過，他們的處境說實在也滿相似的，都是在被追殺。

「先在這裡等一下，別亂走。」到了一個奇特的地方後，少年如此說道，然後就滿臉不悅的靠在牆上閉幕養神，一副脾氣很差的樣子。

這裡是一處花園，看起來頗像是某棟大廈的中庭公園。白陽霎時有些失去方向感，忘了少年剛才是從哪個圍牆漏洞帶他們進來的，但他覺得很不妙，待在這種地方難道不會被找到嗎？

「阿尼，這裡是哪裡啊？」冰川卻早他一步問道。

少年睜開了一隻眼，「不是叫你們等了嗎？」

「但這裡看起來像是人家的家裡耶！」

少年不再回答，白陽則拉了拉冰川的衣袖，突然有一個疑惑優先想問：「喂，冰川，妳一直阿尼阿尼的叫著，那是他的名字嗎?妳怎麼知道他的名字啊？」

「電視上有提過幾次啊！」冰川也不壓低聲量的就回答。

「電視？」

「對啊，你都沒在看嗎？」

他才懶得去注意那些咧！白陽不禁嘟噥。

少年叫做阿尼，雖然一聽就覺得是暱稱，用來隱藏真實身分，但白陽總算知道該怎麼稱呼他了。

阿尼就是最近這一連串抗議行動的領導者，雖然不知他有什麼來頭，但能策動得了那麼多人，鐵定很有手腕。且看著他胸前掛著的那枚紅色哨子，白陽回想起了先前在電視畫面中他吹哨子的模樣，他的形象便很快的被建立起來，縱使他是無能力者。

「所以現在蒼神的警衛在抓你們啊？」冰川和阿尼聊了起來，臉上滿是微笑，「我每次在電視上看到你，你都站在最前面，真的替你捏把冷汗呢。」

「妳說早上的時候嗎？」

「都有呢，我覺得你真的很勇敢。」冰川由衷的說，接著又道：「對了，我們都還沒自我介紹，我叫冰川，這個白白的則是懶羊。」

「白白的？懶羊？」

「喔，錯了，是白陽才對。」冰川趕緊更正，「因為他老是在睡覺，然後又……」

「冰川，妳在外人面前說什麼啊！」白陽翻白眼。

「說到這，你們是什麼原因被追殺？被誰追殺？」阿尼問。

「呃，這……」白陽猶豫了一下。

「你們該不會是離家出走還是私奔之類的吧？」阿尼冷笑著說。

「什麼東西啊！」白陽覺得很不悅，不管是他那輕視的態度還是語氣。

「反正不管是什麼東西我都沒差，我這裡專門收容你們這種離家出走的少年。」

什麼不良少年啊！他到底知不知道他們是環控員，一個體測值A，一個還是S啊！

白陽實在很想拿出墊板把他電死。

「總算來了。」阿尼突然不耐的抛下這句話，便往花園中心走去。只見花圃中有個水溝蓋掀起，然後有頂灰色帽子露出來，引領著一個長得像鼴鼠的男孩探頭出來。他戴著混濁的護目鏡，好像近視很重的樣子左右張望，探查著四周有沒有敵人。接著阿尼往他的頭上重重敲了一記，才讓他恍然大悟原來阿尼就在自己身後。

「阿、阿尼，你在這裡啊！」他用尖銳的聲音傻笑大叫。

「不然呢？」阿尼不悅的說：「快帶我們下去，有兩個新來的。」

「新來的啊！好好好！」鼴鼠男孩朝白陽和冰川瞄了一眼。

跟著阿尼鑽入水溝蓋底下，沿著一道鋼筋梯子往下走，白陽才發現這地底下大有來頭。原來這座大廈建築是一棟廢棄的公寓，但地下停車場的部分卻被阿尼等人當成了基地，用來躲避敵人的追緝。

而所謂的基地、所謂的追緝，代表的意思很簡單：在最近這一陣子的抗議活動興起前，阿尼原本就是一個對社會不滿的滋事分子，他常為社會的不公平發聲，也有一派他的同夥。是直至今日他們的聲勢才逐漸擴大起來，而有了抗議蒼神、抗議環控聯盟等等浮出檯面的事發生。

所謂的基地，並非只是一個扮家家酒的名詞，而是這群帶有革命情感的年輕人的據點；而所謂的追緝，在今日蒼神下令大規模的逮人後，更彰顯了那股亡命之徒的意味。

這裡，是阿尼等「這一派人」的大本營，在看到擺在後方那作為飯桌，可以容下三、四十個人的大桌子後，白陽相信了這一點；且躺在牆邊打地鋪睡覺的年輕人也不在少數。

「阿尼，你是做什麼的啊？」接過阿尼遞來的水及麵包後，冰川好奇的問道。

「什麼做什麼？」

「你的工作啊！為什麼你會帶頭向蒼神抗議啊？你又是去哪找到這麼多夥伴的？」

「沒有去哪裡，我們都是志同道合的同志，對這個國家感到憂心而已。」阿尼冷冷的回答：「我也沒有工作，充其量只是學生，只是已經輟學了。但就算有工作也沒用，生存在這座島上，年輕人已經沒有未來了。」

話題變得嚴肅起來。

冰川問：「年輕人沒有未來？」

「對，這是所有人的共同的感受。」阿尼瞥了一眼四周的夥伴，「低薪、高房價，存了一輩子的錢也無法組成家庭。有錢的越來越有錢，貧窮的越來越貧窮，魔物越來越多，社會風氣普遍悲觀，已經沒有人對未來存有希望了。」

說到這裡，阿尼的語氣帶著怨憤：「這個國家已經被那些人搞爛了，徹底搞爛了！年輕人的未來都被斷送掉，妳說，我們還能不站出來嗎？」

白陽皺眉，覺得這番話有些熟悉，他不禁問道：「阿尼，你們這裡，該不會就是『第四勢力』的其中一支吧？」

「什麼『第四勢力』？」

「……沒事。」

冰川接著說：「阿尼，你說的話很有道理，但你這樣抗議也沒用吧？T島已經有好幾十年沒出現抗議活動了，你反而會給自己惹上麻煩。」

「妳說到重點了，曾幾何時我們變得這樣麻木不仁，對自己的未來無動於衷呢？」

他露出不敢置信的表情，「蒼神已經把全民變成殭屍了，『魔鬼』也是，就是因為我們的苟且偷生，才造成了今日悲慘的處境！」

阿尼咬牙切齒的說：「人民已經沉默得夠久了，就算鬥不過他們也必須站出來，就算知道是自不量力也必須站出來！知道什麼是小蝦米戰勝大鯨魚嗎？一個人的力量不行就找十個人，十個人不行就找一百個人；倘若一百萬人也撼不動蒼神，那麼全國人民都站出來總行了吧？」

阿尼吐了一口氣，「蒼神有一天必須知道，誰才是這個國家真正的主人。」

白陽和冰川都有些愣住，阿尼說的話很有道理，且和老爹、「第四勢力」的理念相近，雖然好像又有哪裡不太一樣。不過，白陽只覺得阿尼這樣子的想法太辛苦了，什麼一百萬人站出來，簡直是陷全國的人於不義，要讓大家過勞死！

他吐了吐舌頭，有種累斃了的感覺。

「但阿尼，這只是你一廂情願的想法，不可能真的會有全T島的人站出來。在那之前你就會被抓走，搞不好還會被殺死以除後患。」冰川認真的說道：「你應該知道在那些勢力面前你是不會有任何機會的，你……」

「沒差。」阿尼打斷了她。

「咦？」

「沒差。」阿尼又重複了一次，「就算會死，就算沒用，我也一定會挺身而出。」他的眼神如此堅定，「總有人會犧牲的，就算是無謂的犧牲，我也不會停止前進，這是宿命。」

白陽和冰川再次愣住，白陽甚至連微開的嘴都合不起來。

阿尼語出驚人，但是，他才幾歲啊？年紀輕輕的竟然就毅然決然地打算踏上烈士這條路！？

白陽對「宿命」這兩個字很有感覺，他可沒忘記老爹用過同樣的詞彙來形容自己的理想，但此時他卻對它充滿了恐懼。

或許該問，這個國家到底怎麼了？為什麼會讓它的人民有這麼多可怕的「宿命」？

「你們早點休息吧。」阿尼說：「今晚要提早熄燈，說不定蒼神的警衛等會兒就會找到這裡來，得保險點好。」

「遵命，阿尼大人！」結果是鼴鼠男孩回答。

就這樣，走投無路的白陽和冰川投靠了阿尼，在他的基地裡住了下來。其實白陽想說，比起蒼神，更大的麻煩似乎是芙蕾兒，現在因為他和冰川的加入，說不定芙蕾兒就會找到這裡來。

那個瘋婆子太恐怖了，白陽直到此刻依然膽顫心驚。

只是，看著在水槽那裡洗臉的阿尼，以及地下空間裡的諸位，他突然有種不真實的感覺。一直以來他都只透過電視看他們在抗議園事，如今他們就切切實實的在他眼前，他就身在他們其中。

他和冰川，恐怕真的成了亡命之徒了。

▶◎◀◎▶◎◀

蒼神向太陽院宣戰了。

白陽已經和冰川在阿尼這裡待了數日，每天他都渾渾噩噩的，把他的偷懶個性發揮到極致，整日除了睡還是睡，有時候吃著飯也會睡著；冰川邀他出去透透氣，他也不去；阿尼等人又接連發起了幾次抗議行動的事，他也不知道。

所以當聽到蒼神對太陽院宣戰的消息時，他簡直嚇呆了，就像從溫暖的被窩裡被拖出來一樣，連過了幾世紀都不知道。

「沒錯，蒼神已經對太陽院正式宣戰，這是剛剛才從報紙上截下來的新聞稿，大家看看。」阿尼站在一面大白板前，指揮著臨時開設的作戰會議，對著底下坐得滿滿的夥伴們說道。

宣戰的事令阿尼他們亂成一團，立刻就要擬定相關策略，馬上發起一波造勢活動，帶領人民上街頭。所幸對於冰川和白陽，阿尼遵從他們的意願，只是收容他們而已，並沒有把他們當成一夥。因此數日以來，白陽完全置身事外，對於阿尼他們的事沒有更多的了解。

言歸正傳，蒼神對太陽院宣戰的事一早就占領了各大報的頭條，讓白陽驚醒過來，也讓全部島國人民都嚇一跳。畢竟這可是比幾日前的環控聯盟被抗議，甚至比更早之前的蒼言回歸還要驚爆好幾百倍的新聞！

看到報紙頭條那行字時，連冰川都錯愕得無法言語，相信全全國人民也一樣，看到大大的「宣戰」字眼，實在無法想像那究竟代表什麼意思。

宣戰的理由，蒼神一個字都沒有說，但從聲明稿中可以明顯看到他的憤怒。對此，白陽和冰川只有一個想法：肯定是數十年前的那場實驗被蒼神知道了，太陽院所做的惡事，將整個國家變成鬼島的事，全都被蒼神知道了。

白陽不禁想起闇黎曾樂觀的說過，蒼言總會把他託付給她的消息告訴蒼神，縱使那顆「舍子」已經進了泰迪熊的肚子、縱使蒼言根本不了解事情的始末——白陽不禁感到震驚無比，但他震驚的並不是蒼神為何會知道，或者蒼言是如何用她的童言童語讓蒼神知道，他震驚的是，闇黎對於正義終究會實現的那股堅信與毫不懷疑。

闇黎曾胸有成竹的說，蒼神鐵定不會同流合汙，如今卻真的一件事、一件事都被他說中。如此強大的信念，就如同他所散發出來的金光一樣，刺眼得令人不敢直視、不敢懷疑。

即使蒼神會知道這些事或許並不是因為蒼言的透露，而是藉由其他方式，比如那天在場的老爹受到了閻黎的話的影響，返回組織後改變了「第四勢力」的策略，讓他們放棄激進的手法，決定姑且相信蒼神一次，而將三十年前那場實驗的事都透露給蒼神……

然而，這一切的一切不管是怎樣都不重要了。重要的是，蒼神已經知道了這件事，並採取了行動——向太陽院宣戰！

一切都和閻黎當初所預料的一樣。

想到這裡，白陽不禁握緊拳頭，眼眶泛起激動的淚水。他突然明白閻黎並沒有死，即使他的生命被終結在芙蕾兒手裡，但他並沒有死，他就活在每個人的心裡，以世人們追求善與美的那股信念活在這個世界的每個角落。

蒼神已經向太陽院宣戰了，若閻黎對如今已然扭曲、走上邪魔歪道之路的太陽教教義有什麼遺憾的話，他也將會藉著蒼神的手，向太陽院討回公道！

這時，冰川打開電視，果然各頻道的新聞也正在播報這件事。

「第一波的經濟制裁立刻就會啟動……」冰川唸著電視上的標題字：「蒼神將會斷絕旗下所有企業與太陽院的往來，並終止任何與太陽院的合作。」

白陽接著唸：「其次將規範其下游的所有實體通路、店面，禁止販售任何商品給僧侶及和尚等等與太陽院有關的宗教人士。礦泉水、便當等等都不再賣給任何僧人……喂喂，這雖然看起來有點搞笑，但蒼神壟斷大多數的便利商店和餐飲業，和尚們以後根本沒東西吃了啊！他們只能自己煮……」

冰川又唸：「第三波的制裁，蒼神將會派遣軍隊進駐地方，強制接管當初由蒼神集團捐助土地的廟宇，並計畫收回所有捐給太陽院的土地；且不排除和『魔鬼』合作，發布針對性的全國禁行令，往後環控員們若在街上看到太陽院的僧侶，都可以將他們驅離或趕回家中，不准他們上街遊盪……」

「這根本……這根本太扯了！」白陽傻眼的說。

電視上的主播繼續報導：「至於正宗上人，目前還未對外做任何說明，外界卻傳出他已經在動員旗下軍隊，包含了被稱之為『神使』的武僧軍團……」

聽到這裡，兩人都久久沒有言語，另一頭的阿尼他們則早已不知講到哪裡去了，個個都是熱血沸騰、一副要大幹一場的樣子。

而這也不令人意外，T島的三大勢力平衡了這麼久，如今最大的兩個頭頭終於要打起來了，若他們要搗亂，現在就是最好的時機，再不出手就是傻子了。

這同時意味著，「第四勢力」那邊也百分之百會有所行動，畢竟這樣子的變化說不定就是他們造成的。

「冰川，鬼島……之後會變得很不妙，非常不妙。」白陽不禁吞了口口水說道。

「嗯，這將會是一場戰爭，很可怕的戰爭。呵呵……」冰川突然笑了出來。

「我不懂，妳在笑什麼？」

「你看！」冰川突然指向報紙的角落，臉上的淺笑也沒有收斂的趨勢。

這一看，白陽差點要把眼睛瞪出來——報紙角落登載的不是別的，正是蒼神集團對他們兩人發出的通緝令，上頭還清清楚楚印著兩人的照片！

「什麼啊！？」白陽傻眼的驚叫出來，連椅子都坐倒了，巨斧泰迪熊則從冰川頭上掉了下來。

剛才整個報紙的版面都被宣戰的事占據，他現在才看到這篇消息。

「對啊，就是這樣，老爹之前不是跟我們講了嗎？以『魔鬼』的個性，他一定會和蒼神合作發布全國通緝令的，他一定要抓到我們。」冰川說。

「那妳在笑什麼啊！這有什麼好高興的啊！」白陽怒指她的鼻子。

「哈哈，我也不知道耶~」冰川抓了抓頭，露出傻傻的笑容，「之前只被『魔鬼』追殺的時候我覺得很緊張，但現在多了一個蒼神，我就覺得好有趣喔！只差一個正宗上人，我們就一次惹上三個勢力了耶，你不覺得很好笑嗎？」

「妳白痴啊！」白陽朝她怒吼，然後抱頭痛哭：「天吶！完蛋了啦！嗚嗚，我的人生怎麼會變成這樣一團糟？又是『魔鬼』又是蒼神，我這不是死定了嗎！」

「還有正宗上人還沒加入唷！」

「妳這個烏鴉嘴再說我就打爆妳！」白陽抓狂的怒吼。

「嗶嗶！」

哨子的聲音突然傳來，兩人轉頭一看，是阿尼那張不悅的臉。

「你們到底在吵什麼？沒看到我們在開會嗎？」他持著紅哨子問。

「哦，阿尼，是因為呀我們被蒼神……」

冰川晃著報紙才要解釋，就被白陽捂住嘴，「呵呵，沒事沒事，你們繼續去開會。」

白陽狠瞪了冰川一眼，一手拖著她、一拖拎著泰迪熊就到對面的隔間去。

「妳白痴啊！人家問妳，妳還真的講出來？」

「為什麼不能講？大家都是夥伴啊，而且這件事他們遲早會知道，不是嗎？」冰川回答。

「遲早會知道？」

「不是已經登在報紙上了嗎？還印著我們兩個的大頭照，說不定已經有人知道了，等等就會來問我們是怎麼一回事。」

聽冰川這麼一說，白陽頓時愣住。

是啊，他怎麼能期待這件事能夠隱瞞得住呢？都發布全國通緝令了，若不是宣戰的事情太大條，他和冰川的照片早就登上頭版了，他怎麼還能以為瞞得了阿尼他們？

「羊，怎麼了？被他們知道有這麼不好嗎？」看著白陽一手捂著臉就癱在椅子上，冰川問。

「當然不好！我們現在可是戰犯等級的全國通緝犯，要是被他們知道的話，會出問題的。」白陽胃疼的說。

「會出什麼問題？」

「妳不會自己想嗎？」白陽無力的說：「他們頂多只是抗議圍事的滋事分子，根本就算不上什麼壞人，要說他們被蒼神追殺，那也只是蒼神在趕趕貓狗而已，和我們的等級比起來可差多了。」

他捂著頭說：「要是被他們知道有頭號通緝犯躲在他們之中，他們還能不把我們供出去嗎？別忘了，他們每個都是正義魔人，才會去做抗議這種蠢事，要是被他們知道我們是通緝犯，他們不會原諒我們的，他們連想都不想就會把我們供出去，還有可能先把我們毒打一頓。」

聽白陽這麼一說，冰川頓時說不出話來。

「冰川，我們沒辦法再繼續躲在這裡了，妳得先做好準備，一旦被他們知道我們是通緝犯，我們就得落跑了……說不定今晚就必須走，也說不定是等等……」白陽消沉的說：「這裡，已經容不下我們了。」

▶◎◀◎▶◎◀

晚上，更要命的事情發生了。

從這一端可以看到城市的那頭燈火通明，好像出了大事一樣，宵禁與不宵禁什麼的不復存在。白陽和冰川、泰迪熊將頭探出水溝蓋往那個方向張望，不難想像人群聚集的模樣；且阿尼等人也都出動了，現在的基地空蕩蕩的。

畢竟這個晚上太令人不安了，不可能會有人能安分的待在家裡，環控員們想必也都在維持秩序、安撫躁動的人們，因為——

太陽院也對蒼神宣戰了！就在剛剛，半個小時之前！

接二連三……真的是接二連三，一天下來T島接二連三的在發生大事，原先安穩有秩序的生活被攪成一團亂，好像一艘船要翻覆了一樣，白陽無法形容自己此刻擔憂害怕的心情，那就好像環境係數已經降到了最壞的地步一般，這個國家徹底大亂了！

「我正式回應蒼神的宣戰，從這一刻起，自本院以降所有的寺廟單位都進入備戰狀態，只要蒼神的軍隊敢踏入我佛門淨地一步，全部殲滅。」

開著的電視機傳來正宗上人那氣若游絲的說話聲，雖然聽都聽不清楚，但從半個小時前就一直無限重播到現在，耳聾的人也聽清楚了。

相較於蒼神只發了份聲明稿就代表他宣戰，正宗上人親自上了媒體版面，當著全國人民的面回應了蒼神，隨即也對蒼神宣戰了。

他的這番舉動無疑讓這陣子以來對外的頻頻侵略有了理由，不到一天的時間他就回應了蒼神，好像先前的挑釁全都是故意激他宣戰一樣。

正宗上人到底在搞什麼，白陽不知道，完全不知道，但看著畫面裡他那白眉白鬚、一副慈眉善目卻目光爍爍的模樣，他只覺得背後一陣惡寒——從此刻起，這個島國完了，徹底完了，蒼神和太陽院的相互宣戰只代表了一件事：即日起所有的經濟活動都會跌入谷底，店面商家全部無限期休業，股市不休市也會崩盤，工作什麼的也都沒必要了，全國都會進入戰爭狀態，讓這兩個人打就夠了。

T島將會陷入一片混亂之中。他原先以為隨著蒼言的回歸，T島已經脫離了陰霾，沒想到真正的暴風雨現在才來。

現在才來！

「冰川，東西收一收，我們走了。」

「咦？」冰川愣住。

「趁著阿尼他們都不在，我們現在離開是最好的時機。」白陽果斷的說道。

「但是……離開的話，我們要去哪裡？」冰川皺著眉問：「現在外面一副要打起來的樣子，我們沒地方去了啊！」

白陽沒有回答，而是沉著臉，像在思索著什麼。冰川這才發覺他的手中抓著一本小本子，且在她的印象裡，這幾天她一直看到他抱著那本本子。

「我一直在想一件事。」白陽用深意的表情說：「事到如今，還是得鋌而走險，用那個方法了。」

「什麼方……」冰川才想問，卻被白陽此刻的表情弄得怔住了。

「事到如今，只剩下一個人可以救我們了。」白陽說：「就是蒼神。」

「蒼、蒼神？」冰川滿頭不解，「什麼啊？」

「已經別無他法了，我們必須去找蒼神。」說完，白陽牽住冰川的手往上頭的梯子就要爬去。

「等等啊，羊，你在說什麼啊！」冰川徹底愣住，錯愕的甩開白陽的手，「羊，你錯亂了嗎？發布通緝令的就是蒼神啊！我們去找他不是正中他的下懷嗎！」

「相信我，冰川。」面對這樣子的冰川，白陽露出了前所未有的堅定表情，「這是我們的最後一條路了！」

07 失控的鬼島氣場……

白陽說，他們還有最後一個方法，就是去找蒼神。

對此，冰川實在是困惑到不行，她不知道白陽在打什麼鬼主意。白陽也只是拋下了一句「置之死地而後生」，說只要能見上蒼神一面，就能保證他們不只不會有事，還能夠徹底解除被追殺的窘境，讓冰川很想說：怎麼可能！

即便如此，看著白陽信心滿滿的樣子，冰川也就相信他了；再加上她深知白陽的個性，知道他將性命看得比什麼都還重要，因此也沒心思再想那麼多，跟著他、揹上泰迪熊就離開了阿尼的庇護所。

然而，真正的問題在他們離開後才浮現：白陽想見的並不是蒼神的秘書還是誰，而是蒼神本人，那麼請問，他們該上哪去見蒼神呢？

「……」

置身在午夜的城市之中，白陽才猛然發覺這點，他和冰川雙雙對視，駐足原地。

他原本單純的想著，要找蒼神只要往他所在的T島首都走就好，坐火車、搭計程車都可以，但此刻他那被沖昏頭的腦袋才稍稍清醒過來：這樣能找得到蒼神才有鬼咧！

上次光是要見個立德秘書就費盡了千辛萬苦，當時所受的驚嚇與絕望他到現在都還沒忘記呢！那麼他們是哪來的自信認為自己能夠找到蒼神啊！

「所以現在要怎麼辦呢，羊？」冰川問。

「沒有怎麼辦，既然出來了就別想說要回去。」

「但現在已經晚上了啊，你要晚上趕路嗎？」

冰川越是這麼說，白陽越是感覺到自己的蠢。他惱羞成怒道：「反正我說了，阿尼那裡已經不能待了，今晚我們就隨便找個地方休息，明天一早就往首都的方向趕路！」

順道一提，此刻他們所在的這個城市可是亂成了一團，周遭的人們跑來跑去，一副發生了災難似的四處聯絡，也有兩、三個人站在一起皺眉看天空的，只披著一件外套就出來觀望的婆婆媽媽也有——畢竟在蒼神與太陽院相互宣戰的夜晚，鬼島沒有一個人是睡得著的。

大樓的電視牆不斷重播蒼神以及正宗上人的畫面，路上停留著太多的人，也沒見到當地的環控員出來趕人。

今晚的T島徹底失序了，用一片混亂來形容再適合不過。

▶◎◀◎▶◎◀

白陽與冰川、泰迪熊在公園的一隅就這麼睡了一晚，即使睡得很不安穩，也不會比醒來之後發生的事更不安穩。

天空才翻魚肚白，白陽就被一陣尖叫聲嚇得驚醒了。

「啊——有怪、怪物啊啊啊！」

女孩子的尖叫聲劃破寧靜，引領著一頭巨大的魔物從大樓後方探出頭來。

沒人知道牠是什麼時候出現的，也不知道牠是怎麼出現的，就好像憑空蹦出一般，令整座城市一片譁然，接著陷入驚恐與驚嚇之中。

「為、為什麼啊！」見周遭的人開始尖叫逃竄，白陽被人撞了好幾次，徹底的醒了過來。

他和冰川並不訝異魔物的出現，畢竟牠們就是會這樣憑空誕生，就和水母一樣。但此時他們依然傻眼了，因為——現在可是早上啊！為什麼早上會出現魔物！？

「羊，那應該是ＳＳ以上的沒錯吧？」冰川驚駭的問道。

整夜躺在公園的長椅上睡覺，白陽的脖子都睡歪了，但此刻和那隻同樣歪著頭的畸形魔物對視剛好。魔物長得歪七扭八的，頗像是外星烏賊，細長的頭斜了一邊，好像腦袋秀逗了一樣。牠的下半身則長滿了蠕動的觸鬚腳，白陽敢篤定牠的腳比蜈蚣還要多。

冰川說得沒錯，這傢伙絕對是ＳＳ等級以上的魔物，這個城市要遭殃了。

「但是羊，現在才早上六點耶！」冰川對了時間好幾次，「晚上六點之後出現魔物才是正常，可現在是早上六點啊！為什麼會這樣？」

「不要問我，我也不知道！」白陽面色蒼白的說：「可能鬼島氣場已經壞掉了，但就算是昨晚出現好了，我們昨晚可連一個當地的環控員都沒有看到。更別提這傢伙現在冒出來，根本沒人能收拾了！」

說完，白陽拉著冰川就要逃亡，卻見冰川站著不動。

「冰川？」

「羊，你說錯了，不是連一個環控員都沒有。」

「什麼？」

「我們不能就這樣走掉。」冰川轉過頭來看向白陽，「我們兩個就是環控員。」

白陽愣了一下，霎時明白了冰川的意思，「冰川，我們沒空拖延了，我們還得去找蒼神，而且我們現在正在被通緝啊！」他大聲的說：「再說這裡又不是我們的轄區！」

「話不是這樣說的。」冰川面色凝重，伸手指向魔物的方向，「你自己看！」

在那多腳秀逗烏賊怪的下方，一個小孩子跌倒了，腳卡在水溝縫隙中怎麼弄都弄不出來。烏賊怪就在他後方即將輾壓過來，他嚇得大哭，身旁的母親則面色蒼白的哭泣求救，伸手死命拉扯他的腳。

於是，冰川放下原先自己抱著的泰迪熊，二話不說就衝了過去。

「喂，冰川……冰川啊！」白陽跟著氣急敗壞的衝去，並在途中抽出了他的墊板。

冰川用手撐在翻覆的汽車上一躍而過，手中凝聚出冰劍，奮力一甩就向前擲去，硬生生插到了烏賊怪即將壓來的道路上，頗有警告的意味。

建築物的陰影和烏賊的陰影重疊，烏賊的觸鬚纏上了大樓，使得整條大路開始落下大小不一的壁磚瓦塊。冰川一個勁的衝刺到了小孩身旁，徒手破壞了水溝蓋，在烏賊觸鬚襲來之前，帶著婦人和小孩就逃離。然而，地面上一個陰影卻急遽擴大，勾勒出某個巨大的掉落物即將從高空砸下——

剎那間是電光一閃，在冰川抱著小孩蹲下的同時，凌厲的電光射來，轟的一聲將掉落物炸飛，巨響大作的摔進旁邊的店家之中。

「羊……」冰川驚愕地站起，看著已成「電羊」狀態的白陽朝她走來。

「快點先帶他們跑到安全地方，然後回來跟我會和。」白陽懶懶的說，將墊板插進他那太過捲曲的頭髮裡，扭了扭脖子就朝烏賊怪走去。

烏賊怪發現了他的存在，因而憤怒的狂甩腦袋，用觸手在大樓外牆的玻璃刮出刺耳的聲響，一副要將他撕成兩半的樣子。面對此番場景，眾人都掩耳尖叫，但白陽卻早已司空見慣。縱使他被聯盟逐出，不久前他可還是個環控員呢，什麼場面沒看過？

只見他深吸一口氣，眼神變得銳利，雙手奮力一張就迸發出火星，四周所有電線桿以及金屬製品瞬間通電，發亮變燙而開始不安的顫動，細小的電光流轉在周圍。然後他伸手一指、怒吼一聲，所有的導電物全都像被吸引一般往烏賊怪砸去，連電線桿都被連根拔起。

「嘰嘰嘰嘰嘰嘰嘰——」

但烏賊怪並非傻傻的沒有反應，牠發出怪聲，用觸手往地面一掃——不，那並不是怪聲，而是牠用觸手刮著大樓的玻璃！

「嘰嘰嘰嘰嘰嘰嘰——」

白陽被那聲音刺激得頭痛欲裂，捂著耳朵向後退去，全身都起了雞皮疙瘩。且在他逃跑的同時，一根根的電線桿從他身後飛來，烏賊怪像是在打棒球一樣，用觸手將那些原本飛往牠的東西都敲回去，就砸在白陽即將前去的道路上，霎時看起來是危險萬分。

「嘿，羊，換我來吧！」

白陽抬頭一看，是冰川迎面而來，就像與他換手了一樣讓他不得不和她擊掌。

冰川似乎不怕那刮玻璃的聲音，長髮一甩，拖著沉重的大冰鎚就朝烏賊怪衝去。

「喂，冰川，別得意忘形了啊！小心牠的觸手！」

「你掩護我啊！」

「什麼？」

「掩護我呀，哈哈！」

「掩護個頭啦！妳先把牠刮玻璃的手打斷再說！」

見冰川那雀躍過頭的笑臉，白陽頓時明白，她這幾天恐怕是悶得太久了。

冰川拖著大冰鎚縱身一躍，大叫著朝烏賊怪衝去，無視迎面而來的眾多觸手，也無視遠方人群們驚駭的喊叫，更無視烏賊怪瞪大充血的眼睛；她好像堅信有白陽的掩護，一切都會沒問題一樣……

白陽不禁放下了摀住耳朵的手，眼神死的往額頭一拍。

「妳這個白痴，每次都要拖我下水！」

白陽伸出雙手，從食指發射電波，然後吆喝著往前衝去，接連發射出電波，消滅那些凶猛襲來的觸手，為冰川開路。

哪怕他的速度只要慢一秒，冰川就會被觸手撕成兩半。他不知道冰川是不是真的沒什麼神經，但他已經吼得喉嚨快啞掉了，只希望這麼吼可以多少抵銷掉那刮玻璃的聲音，因為他已經被那刺耳的聲音刮得快要尿出來了。

要是他的耳膜被刮破，他一定不會放過冰川的。

「吼咿！看招！」冰川以華麗的身姿在空中一閃，竟真的躲過了所有的阻礙，竄到了烏賊怪的面前。她高高的舉起了那冰晶鎚子，在烏賊怪瞪大的雙目以及眾人驚駭的視線中，狠狠的敲下——

卡噠一聲，白陽也形容不出那是什麼聲音，反正就是烏賊怪骨折的聲音，然後烏賊怪的頭就這麼斷了，碎開破裂掉了下來，掉到了牠足下那無數的觸鬚中，消失不見。

全場的人都是一愣，但事情並沒有因此結束，在誰都還沒來得及開口出聲前，烏賊怪斷裂的頸部發出噗噠聲響，噴出了一灘綠色的汁液，然後像湧泉那般大量的湧出汁液，剎那間便覆蓋了鄰近的地面並迅速蔓延。

人群間爆出尖叫聲響，延續了不久前的逃亡舉動，所有人開始驚慌逃跑。

「冰川，跑啊，那個我們沒辦法了啊！」白陽嚇呆了的大叫，朝冰川猛招手，抓了呆立在一旁的泰迪熊就和她一起退離危險區域。

烏賊怪的身體好像儲存著無限的體液一樣，鋪天蓋地的將那綠色的毒汁從斷掉的脖子處噴出來，就像火山爆發一樣湧出，且有越湧越多的趨勢。

白陽和冰川撤退得慢，縱使他們已經拚命在跑，毒液卻已經流向了前方，堵住了唯一的路，將他們鎖死在公園前的廣場中。

「天吶，怎麼會這樣啊！」白陽面露死色。

「對啊，怎麼會這樣！」冰川跟著叫了一聲。

「妳妳妳——妳不要故意學我！妳到底有什麼問題啊！」白陽簡直氣炸了，踹了冰川一腳，「我們會死啊！妳還在笑什麼鬼！腦殘嗎！」

冰川唉唷一聲揉了揉被白陽踢的屁股，然後說：「不是呀，羊，你不覺得這樣子的場景有點熟悉嗎？」

「熟悉妳個頭啦！」

「真的呀，不是和我們上次打變異豬公的時候一樣嗎？也是被毒液包圍啊！」

「所以呢？」白陽翻白眼。

「所以，你看腳踏車來了！」冰川伸手指向烏賊怪的方向。

白陽差點掉了下巴，若不是冰川扶住了他，他還差點原地摔倒。

只聽叮叮兩聲，一輛他再熟悉不過的腳踏車從烏賊怪的方向過來，行駛在綠汁之中，最後停在他們面前。

「這不是……老爹那輛會抓水母會變火箭還會長腳跑走的天殺腳踏車嗎？」白陽傻眼的說，就算它化成灰他也一定認得出來。

「對呀，一定是老爹派它來救我們了，你看！」冰川拿起了擺在腳踏車椅墊上的骷髏頭，「這是他的骷髏頭！」

「但……不是啊，如果要救我們的話，為什麼不自己來，為什麼會派這傢伙……」

白陽哇啦哇啦的叫了出來，抱著頭崩潰地轉了幾圈，搶過冰川手中的骷髏頭就怒往地上摔去，「整人啊！這到底是什麼鬼啊！」

「沒關係呀，起碼得救了！」冰川微笑著說，一副雨過天晴的模樣。

「不是啊，妳……」白陽已經預見了接下來會發生什麼事，眼眶不禁泛淚。

冰川握住了腳踏車的把手，開心的一腳跨上它，並朝白陽招手。而泰迪熊則很自動的爬上冰川的背，抱好冰川。

白陽淚吸了一下鼻子，拎起冰川背上的泰迪熊擦了擦沾到椅墊上的汁液，然後含淚坐上腳踏車，暗自發誓他有朝一日一定要找老爹報仇。

「哇，這有三段變速耶！」

「……這妳上次騎的時候就說過了。」白陽哀怨的搥了她的背一下，「而且它也有儀表板，妳最好不要吐槽這一點，不然會激怒它。」

腳踏車在冰川的騎乘下，帶領他們逐漸離開綠汁區域，並在其中濺起一圈又一圈的漣漪，頗有一種劫後餘生的感覺。

「羊，你看，有街頭攝影家在對我們拍照，因為我們這樣很稀奇。」冰川說道，並比了一個YA的手勢。

「……那不是攝影家，那是記者。」

「記者？」

「對，我們絕對是今日鬼島最蠢的人物，說不定等等就上電視了。」白陽心死的捂住臉，由衷覺得自己的人生真的會被冰川及老爹這兩個人搞砸。

「等等，白陽，你說記者？」冰川突然聲音一沉。

「怎麼了嗎？」

「如果是記者的話，我們是通緝犯的事一定就曝光了啊！他們拍下我們了！」冰川驚叫道。

白陽愣住，揪著冰川衣服的手頓時抓緊，「快騎啊，冰川，快離開這裡！」他驚愕的催促道：「而且根本不需要記者拍，我們光是在眾目睽睽之下待這麼久，不知已經有多少人發現我們就是報紙上登的通緝犯了！」

結果，他們這麼一急，冰川的腳一踩，腳踏車就解體了，讓他們摔得狗吃屎。

「媽的，我就知道！每次都是在緊急狀況的時候跟我鬧彆扭！」白陽咒罵。

圍觀的人多了起來，不知是真的來關心、還是來抓他們的。白陽和冰川驚得後退，互相攙扶著爬起來就要逃走。

「不對啊羊！」冰川卻突然拉著白陽停住，「老爹不是來救我們了嗎？」

「老爹？」

「他的腳踏車在這裡，不就代表他人在附近而已嗎？」

被冰川這麼一說，白陽才恍然大悟。其實從剛才開始他就覺得有哪裡怪怪的，現在才發覺原來問題的癥結點在這裡——老爹都把腳踏車騎來給他們了，那他人呢？為什麼不出現來救他們？他現在人在哪裡？

白陽和冰川都是一陣東張西望，只希望能從人群中看到那個熟悉的修長身影，但卻什麼也沒找到，只有更多的人朝他們圍過來。

「怎麼辦啊？到底是怎麼回事啊！」白陽急得跳腳，「老爹在哪裡？不是要來救我們嗎？我們現在都要被圍住了，他在哪裡啊！」

「也沒看到有任何像『第四勢力』的人。」冰川抱著泰迪熊張望四周道：「而且好像有軍隊之類的人朝我們這裡跑來了，怎麼辦啊？」

「哪還有怎麼辦！他們一定是來抓我們的啊！」

說完，白陽強迫自己冷靜，站定著沉思了一下，在心裡默數三十秒。

三十秒後老爹依舊沒出現，於是他果斷的拉住冰川的手，「走了，冰川，老爹不會來了，別等了！」

「可是……」冰川焦慮地指著解體的腳踏車。

「別管那輛腳踏車了，它可邪門得很，說不定是它自己跑過來的，老爹他根本就沒來。」白陽說：「走了，冰川，再不走就來不及了！」

公園廣場的出口，同時也是綠汁流淌的去處，白陽和冰川就這麼消失在巷弄之中。

白陽只希望自己沒有做錯決定，畢竟錯失了這次與老爹會合的機會，他們往後就真的得自己看著辦了。

▼◎▼◎▼◎▼

之後輾轉了幾天，白陽和冰川順利來到了首都，但他們也確實吃盡了苦頭，到處躲躲藏藏，數次暴露在危機之中。

全國都在通緝他們，且白陽可沒忘記「魔鬼」和芙蕾兒的可怕。若不是因為宣戰的關係讓T島亂成一團，他們恐怕早在第一晚就被逮捕了。

接著，他們在車站附近遇到了一個意想不到的人。

「姐姐！」

白陽如此失聲叫道，是幾日以來首次在公眾場合發出這麼大的聲音。他的雙眼睜大，他身旁的冰川也傻了，就這麼站定著露出呆滯的臉。

那個正要上階梯的女人停了下來，怔住一般的踩空腳步，然後緩緩轉過頭。

這一瞬間，無論周遭的人群如何流動，只有他們是靜止的。且宛如什麼都聽不見一樣，只是看著彼此。

白陽瞪大眼，無法控制眼眶的溼潤。他再次大叫：「姐姐！」

「白陽！我的弟弟！」白玲尖聲大叫，直接噴出眼淚，朝白陽飛奔過來。

她看起來已經不再完美從容了，她的頭髮凌亂、臉色憔悴，連嘴唇都脫了皮；她的手臂有些擦傷，包包的邊緣都有磨損，好像徹底失了銳氣一樣，白陽差點不認得她了。

她走到白陽面前，雙眼難以置信的瞪大，然後嗚咽一聲摀住嘴，痛哭出來：「弟，真的是你，我終於找到你了……」她的聲音細小而顯得悲傷萬分，接著她抱住白陽，大量的眼淚從她的眼眶裡流出來，伴隨著一次又一次的呼喊：「弟，你這個笨蛋，你到底跑去哪裡了？你知道我擔心死了嗎……」

「姐……」白陽也哭了出來。

「你這個笨蛋！我要打你屁股！」白玲罵道，卻哭得連話都說不清楚了。

冰川也哭得雙眼紅起來，被白玲發現，一起將她擁入懷裡。

是的，白陽一直忘記一件事，他還有白玲，還有一個姐姐。

原來白玲已經辭了工作，這陣子除了在找白陽，還是在找白陽，且已經找得要瀕臨崩潰，幾乎每天都在哭；全國通緝令一發布，她在電視上一看到白陽和冰川的照片就差點要暈過去；連日以來的奔波操勞更是早已消磨掉了她的美麗與自信，此刻呈現在白陽面前的，就是一個傷心過度的姐姐，甚至更應該說，是一個傷心過度的母親。

白陽從小就沒了父母，和冰川一樣，因此在他的生命中，白玲不只扮演了姐姐，更是一肩擔起了母親的角色，從小拉拔他長大，生病受傷都是她在照顧。

因此便可明白為什麼他們姐弟的感情為什麼會這麼好。對白陽而言，白玲是他最重要的人，也是最偉大、最厲害的人。一介弱女子能夠像這樣拉拔一個孩子長大，還賺了一些錢，擁有社會地位，這可不是普通人能夠做到的。

對白玲來說，白陽是她最重要的人，是她唯一的弟弟，因此她能毫不猶豫的就在第一時間辭掉工作，放棄畢生的成就，跑遍全島四處找他。

「你為什麼都不接電話？不打電話？你們為什麼都不打電話？」白玲生氣的說道，用食指往白陽的額頭就一直戳，也狠瞪冰川。

「痛啊，姐！最好是可以打電話啦！」白陽大聲的說：「我們可是通緝犯欸！打電話的話一定會被追蹤到記錄，我和冰川早在第一時間就把手機丟掉了好嗎！」

「你們這兩個笨蛋！所以你們到底為什麼把自己搞到被通緝啊！」

在車站角落的一處座位，白陽、白玲與冰川、泰迪熊坐著。痛哭流涕擁抱彼此的大團圓時刻已經過了，現在的白玲雖還一手摟著白陽，卻已經重拾了她一貫的果斷及從容，眼神犀利、不耐煩的就要弄清楚所有的狀況。

「回答我啊，為什麼被通緝？聽說你們還被『魔鬼』追殺？」白玲實在是按捺不住性子了，捏緊白陽的臉頰，瞪著他問：「你們這兩個小鬼到底是闖了什麼滔天大禍啊？工作沒了不打緊，被通緝不打緊，竟然還被那個瘋子追殺！」

「好痛啊，姐！」白陽被捏得眼淚都要流出來。

「回答我！」白玲氣呼呼的說。

白陽再三思索，最後還是決定將所有的事情都隱瞞住，畢竟不管是冰川的哥哥、冰川對聯盟的背叛、「第四勢力」，還是閻黎和芙蕾兒什麼的，全都太複雜了，而且也不適合讓白玲知道，她畢竟是局外人。

於是，他開始對白玲娓娓道來，卻隱瞞了大部分的狀況，使得白玲以為他們只是被環控聯盟誣陷，誣陷他們是內奸因而被追殺，之後蒼神也發通緝令來摻一腳。

「什麼東西啊！」白玲聽完簡直傻眼，「什麼叫被誣陷？沒做的事情就是沒做，為什麼會被誣陷啊？你們不會解釋清楚嗎？」

白陽翻白眼，「姐，他們一見到我們就一副要殺爆我們的樣子，能解釋我早就解釋了好嗎？」

「那是你蠢！」白玲怒道：「簡直是兩個蠢蛋！竟然有辦法把事情搞成這樣！搞到現在還被通緝！」

「對對對，我們都沒妳能幹，妳最厲害。」

「不許跟姐姐這樣講話！」白玲拎著他的耳朵轉了一圈，讓他哀號著摀住耳根子趴到桌上去。

「所以現在是怎樣，冰川？」白玲看向冰川，「你們就真的這樣讓蒼神追殺、讓聯盟追殺，然後完全沒有要澄清自己的意思？」她不敢相信的問。

「不是沒有要澄清啊……」冰川心虛的低下頭去，不曉得該怎麼面對白玲的問題，畢竟相較於白陽，她可沒有被誣賴，她可是確確實實的背叛了聯盟。

「哎唷，姐，妳不會自己想嗎！」白陽趕緊出聲，就怕白玲看出什麼不對勁，「要追殺我們的可是『魔鬼』欸！他那個人瘋瘋癲癲的，突然就發神經要殺我們，我們也欲哭無淚啊！誰知道他吃錯什麼藥啊！」

「……你這麼說好像也對。」白玲臉上的懷疑退去一些，多少被白陽說服了，「所以你們之後有什麼打算？你們有要去跟聯盟解釋，說你們根本沒盜取組織的機密嗎？」

「不可能啦，姐！我們現在可是通緝犯欸，他們一看到我們就要殺我們，我們哪有辦法解釋啊！」白陽揮揮手，「而且妳也知道我們會長是個什麼樣的人物，他一旦認定我們是叛徒，就不會改變心意了啦。」

「說的也是，他的外號是『魔鬼』嘛……」白玲若有所思道，隨後問：「但他們也不能這樣誤會你們啊！他們到底是怎麼搞的？沒經過調查就相信來路不明的情報？」

冰川再次心虛的低下頭，白陽則意識到再說下去事情可能會曝光，於是趕緊岔開話題：「姐，妳能不能安排我們跟蒼神見面？」

「蛤？蒼神？」白玲無法理解這話題的轉變。

「對，我有一個方法，是目前唯一的方法，只要讓我見到蒼神，就能挽回一切。」

「是什麼方法？」白玲皺緊眉頭，問道：「你到底在說什麼？通緝你們的不就是蒼神嗎？還去找他不就是自投羅網？」

「哼，到時候妳就知道了。」白陽露出了令人摸不著頭緒的冷笑，「天機不可洩漏，這是我們最後的機會了。」

看著弟弟這般自信的模樣，白玲也不再多問了。她點了點頭，說：「蒼神今晚會親自蒞臨騎士廣場，而且所有的秘書也會一併出席。剛好我有這個情報可以提供給你，這在公司裡並不是秘密。如果你要見蒼神，今晚就是最好的時機。」

白玲即便已經辭去工作，卻依然能掌握蒼神方面的一些動靜。不過，雖說是動靜，卻也不算是什麼機密。

「為什麼不是秘密啊？蒼神的行程一般不都是機密嗎？」

「因為今晚他要召開一個記者會。」白玲露出深意的表情，「據我聽到的消息，規模恐怕是這幾年來最大的一次。他已經廣大的通知了新聞媒體以及各界的政商名流，所有你想得到的名人都會出席。」

她說：「所以，雖然對外界還封鎖消息，但公司內部早就傳得沸沸揚揚，尤其現在他和太陽院的關係又那麼緊繃。」

聽到這裡，白陽已經傻住了，完全傻住了。

不知為何，他在第一時間腦中就浮現了一個想法，且他明白事情一定會是他想的那樣沒錯——蒼神，恐怕是要將鬼島的真相公布出來了，數十年前的那場實驗、鬼島氣場的秘密、太陽院所做的惡事，全部……全部他都要揭露出來了，就在今晚，對著T島兩千三百萬個人民……

白陽不禁眼眶泛紅的看向冰川。

鬼島，終於要撥雲見日了嗎？

08

別急，我還有王牌呢！

騎士廣場是T島首都的地標，附近就矗立著T島最高的建築物，也就是名為「帝王大廈」的蒼神集團總公司。作為蒼神鐵路的總站，騎士廣場也是全國最大的站前廣場，就如同揮舞鞭子一般的，座落在兩條鐵路樞紐的位置上。

宵禁早已開始，這座廣場卻人滿為患，燈火通明。不過，即使是平常的晚上，城市的燈火都熄滅後，也唯有這個區域會依然亮著，宛如夜晚的太陽般照耀著整個城市。

「你們有什麼計畫嗎？弟，冰川？」白玲問道。她帶著白陽及冰川以偽裝的穿著混入人群之中。

「怎麼會問我們有什麼計畫呢？計畫不是應該由頭腦聰明的妳來想嗎？」白陽說。

「你這小鬼又想把事情推到我頭上！」白玲狠捏了一下白陽的臉。

「不然呢！痛啊！」白陽哇哇叫著。

記者會的現場，規模堪稱是數十年來最大的一次。距離蒼神蒞臨的時間還有兩個小時，會場內早已擠滿了各家媒體記者，政商名流的貴賓席也都已坐滿，眾人全部屏氣凝神的等待著那個帝王一般的男人來臨。

白陽等人擠在最外頭進不去，舞臺周圍蒼神的三個保鏢團已經進駐，維安等級滴水不漏，估計就算有隻暴龍闖進來也會立刻被殲滅；陸續向外則分別是貴賓席、媒體採訪區以及四個緩衝的接待區，最外頭才是民眾能觀看的區域。每道防線、每個關卡都嚴密戒備著，白陽這才發覺他們根本連一步也跨不進去。

「怎麼辦啊，姐！」白陽不禁急了起來。

「所以我才問你們有什麼計畫啊！」白玲不悅的說：「我們先去後臺看看吧，圍得這麼嚴密，總要有一條路讓蒼神進來吧，我們找找看有沒有什麼漏洞。」

時間來到了晚上八點，距離蒼神蒞臨還有一個小時，白陽等人依舊卡在人群最外圍，連第一道防線都進不去。但就在他們一籌莫展的時候，有插曲發生了。

一群身穿袈裟的太陽院院士出現，數量還不在少數，很快就包圍了記者會會場入口。他們的耳朵上都有太陽的標記，且看身上的穿著就可以知道他們的來頭不小，是太陽院本院所屬的「戰鬥僧侶」。

「你、你們要做什麼！」即便外圍的警衛聚在一起，數量仍不比僧侶多，很快的就亂了陣腳。

群眾們都自動退開一條路，讓更多的僧侶湧進，並指目牽引討論個不停。

「我們要進入會場。」僧侶的其中一人直截了當說道。

「進入會場？你們有許可證嗎？為什麼……」資淺的警衛驚聲問道，卻立刻被一旁的同事拉走。

用膝蓋想也知道，許可證什麼的是不可能會有的，蒼神和太陽院都相互宣戰了，現在處於敵對的狀態，這群人不是來鬧場的還能來幹嘛？

「請你們立刻離開。」警衛的領頭說道，並用無線電呼叫支援。

「我們要進入會場。」僧侶面無表情的又重複一次。

現場霎時看起來是火藥味瀰漫、一觸即發。僧侶的數量已經太多了，金光閃閃一副要淹沒這裡似的，威脅感十足。然而，隨著一名男子的出現，場面硬是被控制了下來。

「怎麼回事？」他從會場裡走出來，一身的黑西裝十分亮眼。

「立德秘書！」

「立德秘書。」

警衛們都是一陣恭敬，然後退後一步。

是的，走出來的正是蒼神的秘書，曾和白陽、冰川有過一段淵源的立德秘書。

「你們在這裡做什麼？」立德瞟了僧侶們一眼，用冷漠的語氣說道：「回去，別想在這個場合搗亂。」

「這可恕難從命啊！蒼神的場子我們還能不好好關照嗎？」僧侶的領頭說道。

「別跟我打哈哈。」立德的眼神變得更冷，「回去。」

「這可辦不到，我們是奉著……」

「回去。」立德打斷了對方的話，瞳孔剎那間閃過一道危險的光芒，「別讓我再說一次。」

他的強勢直接壓制了僧侶們的氣燄，且在他低頭看錶的瞬間，所有的院士都驚得後退一步，白陽和冰川也是——只要是能力者，都能感覺得到他身上強大的氣勢，且白陽可沒忘記他只要一看錶就能從空中召喚恐怖的黑線。

在立德秘書的冷眼之下，太陽院的院士們開始退縮，難以再和他對抗；立德身旁的警衛們也開始湧上去，放膽的拿出他們的警棍就要趕人。

然而下一秒，局面又出現了變數。

「這……」

「竟然……」

眾人之間傳出了譁然的聲音，來自於圍觀的民眾，也來自於匆匆退縮的驚駭警衛們。立德秘書蹙眉探頭才想知道人群中發生了什麼事，就看到太陽院的僧侶們朝兩側退開，從中間走來四、五個穿著黑袍的人物。

這下子連立德都徹底怔住了，白陽則臉色蒼白的握緊拳頭。

他們是太陽院最高等級的院士，是直屬於正宗上人的親衛軍「神使軍團」。他們每個人的體測值都爆表，是相當於教皇護法一類的角色，實力堪比蒼神的第一保鏢團。

立德立刻退進人群裡撥打電話，場面則早已陷入一片混亂。

太陽院對人民而言就是一個崇拜與景仰的代名詞，此刻見到神使們，他們更是陷入瘋狂，爭相推擠的就想碰觸他們，好像見到偶像明星一樣。

但白陽才不管他們，他已經傻眼了，就這麼在人群中被推來推去——神使來到這個地方代表什麼意思？他們想做什麼？該不會打算在這個地方和蒼神打起來吧？！

「給我適可而止了！」立德秘書卻突然大吼一聲，現場頓時鴉雀無聲。

只見他解下領帶、將外衣往旁邊一丟，晃動的瀏海下方眼神迸發冷峻的光芒，手腕上的錶跟著閃爍一下。

「一步也不會讓你們踏入這裡的！」他厲聲喊道。

他話一斷，一群黑衣人便從他身後走出來。他們的胸口全繡著「四」的字樣，表明了他們全是體測值ＳＳＳ的強者，是蒼神的第四保鏢團。

一邊是神使軍團，一邊是蒼神的保鏢團，白陽簡直傻眼了，他不曉得事情為什麼會變成這樣。但他明白這樣子的衝突究竟代表帶著什麼意思——神使的出現並非偶然，也並非只是來這裡鬧鬧事而已，正宗上人恐怕已經知道蒼神的意圖了，他知道蒼神要公布鬼島的真相，因此無論如何也要阻止蒼神。

今晚的這場記者會，不僅僅是鬼島真相的揭露，同時也將決定蒼神與太陽院之間爭鬥的勝敗，重新分配這兩大巨頭的勢力——為了扳倒太陽院，讓他失去人民的信任，蒼神絕對會在今晚揭露真相；同樣的，正宗上人勢必會不計一切代價去阻止蒼神，畢竟要是讓人民知道了真相，他將會失去所有的權勢。

說來也諷刺，這一陣子以來兩大勢力隔空嗆聲不斷，卻始終未有過真正的交戰，而第一次的正面交鋒就在今晚——卻有可能會是最後一次！畢竟真相一旦揭露，太陽院一旦失去民心，就不可能再有實力與蒼神對抗了。

今晚所發生的一切將會打破T島這膠著了數十年的平衡，徹底改變T島的未來，而且勢必會掀起一場驚天動地的風暴，為歷史劃下一個驚駭的轉捩點。

混亂的夜晚，太過安靜的此刻，蒼神保鏢團與太陽院神使持續對峙。縱使兩方只是僵持在大眼瞪小眼的處境，非武力的衝突醞釀累積，也終將會演變為一個白陽已有所預料的場面。

突然，神使們紛紛往兩旁退去，黑色的袍子在白陽的瞳孔中搖曳收攏，被一個逐漸走來的紫色身影所取代——他從神使之中走出，一步一履都宛如能震撼整個T島一樣，以一片譁然來形容都已不足矣。群眾們吃驚的跪下，崇仰敬拜地，匍匐於那名人物的腳下；蒼神的保鏢們則錯愕到不行，立德秘書更是幾乎要將雙眼瞪出來……

T島的第二勢力之首，太陽院院長正宗上人，來了！

正宗上人就在眼前，廣大的群眾百姓們全都跪下，白陽已經完全不明白發生什麼事了。他耳鳴，甚至像是眼盲一樣，只知道幾秒後人群好像爆炸似的，前衝後衝的都有。管制線裡頭的媒體記者們也全都衝了出來，鏡頭卡嚓卡嚓的拍個不停，連蒼神的那些保鏢團都控制不住，會場整個大亂了。

正宗上人依舊在那，紫色的袍子華麗不凡，上頭白色的亮點就像星辰那般不停閃爍；他的鬍鬚斑白，垂到了胸前，讓他原本瘦長的臉看起來更加削尖；眉毛蓋住眼睛雖顯得慈眉善目，卻掩蓋不住那股德高望重，同時也帶著驚人的氣勢——

「白陽！」直到白玲扯著白陽的耳朵大吼，才讓他回過神來。

「姐……姐！是正宗上人啊！」白陽驚慌的大叫。

「你到底有沒有在狀況裡啊！走了！」白玲漲紅著臉喊道，揪著白陽的領子，另一隻手牽著冰川，豁出去似的就推開人群。

「什麼走了？正宗上……」

白玲怒巴了一下他的頭，「你不是要見蒼神嗎？現在就是最好的時候，已經全部亂成一團了，走！快趁機衝進去！」她扯著嗓子大叫。

正宗上人已經來到了會場，在蒼神即將蒞臨的二十分鐘前，帶著他的神使們親臨，說什麼也要阻止這場記者會繼續進行。

在被白玲帶著往管制區內衝之前，白陽愣愣的回頭看一眼，在神使與蒼神保鏢團的劍拔弩張之中，他依然難以相信那個站在最前頭的老人是正宗上人。

但，正宗上人確實來了，之後會發生什麼事，白陽已經不知道了。

▼◎▼◎▼◎▼

當白陽稍稍認清周遭的地形時，他已經被白玲帶著和冰川一起衝進了會場裡頭。

說實在的，那真的是一團亂，盲目暴走的群眾相當多，只不過當他回過神來時，蒼神的屬下已經將情況控制住了，會場內恢復了秩序，民眾們都被趕了出去，而白陽這時才發覺，他和冰川以及白玲竟然置身在貴賓席中，已經偽裝成了受邀名流！

他簡直要嚇呆了，他姐不知是在什麼時候用了什麼方法，竟能趁著混亂之際辦到這種事，還能瞞過蒼神秘書們的耳目！

是的，他們現在就在會場的最裡頭，也就是舞臺的周圍。

「各位請再稍等幾分鐘，蒼神馬上就會到達會場，記者會馬上開始。」臺上的主持人沉穩的說道。

白陽又錯愕了，他這才發覺，這裡就是會場最裡面的舞臺前的貴賓席，從頭到尾都是一片井然有序的和平狀態，即使中途有聽見外頭傳來喧鬧，那也都是外頭的事——沒錯，不管是太陽院的人出現、群眾動亂湧進來還是警衛們將人都趕出去的事，都是在第二、第三層警戒線外的事，絲毫不會影響到這裡。

所以，白陽更困惑了，他姐趁亂闖進來也頂多只能闖到外面幾層而已，他們到底是怎麼來到這裡的？

面對白陽疑惑的視線，白玲好像知道他在想什麼一樣，藏在貴婦帽子底下的臉湊了過來，附在他耳邊說：「你姐我就是厲害，現在就等蒼神出現而已。」說完，她偷親了白陽的臉頰，還差點親出聲音來。

白陽不滿的捂著臉，心情倒是沉澱了下來，但隨之而來的卻是一種違和感。

舞臺上擺置著華麗的桌椅，舞臺下盆栽叢叢，然後是媒體的攝影機及貴賓席，大家都引頸等待；蒼神的秘書們則在兩側一字站開，駐守的保鏢們個個神情警戒，卻也顯得平靜……

——到底有沒有人知道正宗上人已經來到了現場，現在就在外頭和保鏢、警衛們對峙啊！

白陽明白他們是知道的，但就算硬著頭皮，這場記者會也一定要辦到底。現在全國的人民都目不轉睛地盯著轉播，蒼神的保鏢及秘書拚上性命也得守住這個會場，因為今晚，蒼神一定會將鬼島的秘密揭露出來。

「羊……」冰川突然拉了拉白陽的衣角。

「幹嘛？」

「你看。」

「什麼？看什麼？」

「就是……」冰川用快哭的語氣說道：「泰迪熊牠跑過去了……」

剎那間白陽感覺自己的腦袋裡啪嗟一聲，好像有某根神經斷掉了。

舞臺階梯下，巨斧泰迪熊搖搖晃晃的從正前方走過，就在眾目睽睽之下、就在媒體記者面前以及蒼神秘書們的眼皮底下。

「妳到底是怎麼顧牠的啊？剛剛不是把牠塞進包包裡了嗎？」白陽尖聲說道，嚇得幾乎要挫屎。

「我也不知道啊！牠好像想要尿尿，就自己跑出來了。」冰川委屈的說著，臉色也是一片蒼白。

「那隻熊根本不會尿尿，妳騙我不知道啊！」白陽怒捏了冰川一下。

「真的會呀！牠最近不知道為什麼，開始會尿尿了，而且你看，牠現在好像肚子餓了，開始在盆栽裡找東西……」

白陽臉黑的拍了一下額頭，欲哭無淚，真心覺得死定了。所幸大家的反應都莫名的平靜，好像只是把牠當成裝了電池會移動的熊玩偶，不知道是哪個小孩帶來的一樣。

蒼神的秘書們也沒認出那是巨斧泰迪熊。

「噓，我跟妳講，冰川……」白陽眼睛瞪大，鬆了口氣似的說：「我們假裝不認識牠，懂嗎？我們完全不知道那是什麼東西，不管怎樣牠都跟我們沒關係了，懂嗎冰川？」

「咦，怎麼這樣！可是泰迪熊是我們的乖寶寶……」

「妳白痴啊！現在都什麼關頭了！」

「喂！」一旁的白玲這才按捺不住性子，靠過來問：「你們到底在講什麼悄悄話啊？

會被懷疑的，別說了。」

「不是啊，姐，妳看冰川啦！」

就在此時，有一位蒼神秘書拎起了栽在盆栽裡的泰迪熊，不悅的對著眾人問：「這是哪位老闆家的玩具？麻煩請克制一點。」

在場帶有小孩的政商名流們都搖搖頭，令白陽覺得很扯的是，竟然真的有公主病小女孩帶了熊玩偶來，還和巨斧泰迪熊長得很像，他簡直傻眼。

但接下來發生的一切，卻讓他無暇再顧慮別人了。

蒼神的秘書終究是蒼神的秘書，在她手中的泰迪熊掙扎數次後，她便發現了不對勁，臉色一變就扔下泰迪熊，從背後的腰帶抽出匕首。

許多事情都在這一瞬間發生，縱使白陽反應不了，他也只得反應了——泰迪熊落地後就往冰川跑來，閃過秘書擲來的匕首，一股腦撲進冰川的懷裡；這個舉動無疑暴露了他們的身分，不出一秒，所有的秘書及保鏢便都動員起來，且在白陽和某個秘書對視的瞬間，他便明白她已經看出了他是報紙上所登載的通緝犯。

「弟、冰川，快跑啊！」白玲率先反應過來，尖叫著踢開前方的椅子，拉住身旁兩人的胳膊就要逃走。

然而，面對蒼神這些SSS等級的秘書和保鏢們，他們哪有可能躲得過呢？

只見舞臺邊一個灰髮的蒼神秘書走出來，捲起袖子後做出抓的動作，很不可思議的，白陽、冰川和白玲的身後便憑空出現一隻手，揪住他們的後領就往地面拋去，讓他們摔個狗吃屎。

在這個瞬間，白陽拿著墊板的手被一股力量打掉，痛得他幾乎流出眼淚，身上的靜電也全部被驅散；冰川更慘，手中的大冰鎚都還沒成形就被擊碎，散成了無數碎片扎進她的手臂。

不到兩秒的時間他們三個就被抓了起來，被拎在空中，且還差點丟掉性命，若那些秘書們沒有即時收手，他們恐怕已經一命嗚呼了。

「你們是怎麼混入這個地方的？」一名女秘書走到白陽面前問道。

「妳不准動他！」在白陽開口前，白玲厲聲喊道：「我們是來討回公道的！」

「討回公道？」

看那些秘書們的表情，顯然都已明白他們是通緝犯了。

「這是我弟弟，另一個人是我弟弟的搭檔，他們一直以來都很認真在擔任環控員的職務，卻莫名其妙被你們通緝！」白玲生氣的說，聲音迴盪在會場之中，「什麼竊取機密啊，他們根本沒做那種事，我今天就要向你們討回公道！」

女秘書沉默了一下，然後平靜的回答：「這種事情我們不會知道，妳要討回公道就去向『魔鬼』討回公道吧。」說完，她對身旁的手下使了個眼色，「帶下去吧，送到『魔鬼』那裡。」

「不！」白陽驚恐的叫出來：「你們不能那麼做，會害死我們的！」

「帶下去。」

「你們這群不負責任的傢伙！你們這群混蛋！」白陽歇斯底里的叫起來：「我們根本什麼也沒做啊！好好的生活被你們搞成這樣！你們說什麼不知道啊！」

他一掙扎就揍了架著他的警衛一拳，踉蹌的往前衝去，困獸之鬥一般撲向那個女秘書，使得白玲和冰川都是尖聲一叫，兩人豁出去的扭打推開身旁的警衛。

但白陽根本傷不到任何人，他咆哮地衝上舞臺，卻猛然被重擊了後腦，就這樣癱倒在地上，被無數的警衛壓制住。他茫然的抬頭一看，則是那些秘書及保鏢漠視的表情。

他流出了鼻血，現場終究還是見血了。

「弟！你們放開他，你們放開他！」

「羊！」

不只是白玲和冰川，連巨斧泰迪熊也和警衛扭打在一起，張開血盆大口發出咆哮。舞臺上一片混亂，媒體的鏡頭卡嚓卡嚓的拍呀拍，毫無節制的捕捉這新奇的畫面。

但接著，氣氛驟變！隨著不知是誰喊了一聲「老闆來了」，所有的秘書和保鏢都亂了陣腳，匆忙的要淨空會場，攙起白陽等人一副就想把他們丟出去眼不見為淨的樣子。

「不是說會晚到半個小時嗎？」主導的女秘書冒汗的說。

會場內頓時瀰漫著一股肅殺的氛圍，媒體們都安靜了下來，他們對白陽等人失去興趣，紛紛將鏡頭轉向舞臺的入口——原先的混亂在此刻竟全部歸為一片寂靜，十秒鐘的鴉雀無聲，屏氣凝神只為等待那個男人來臨。

後臺的布幕掀起。剛剛還在入口處與正宗上人對峙的立德秘書，此時居然出現在舞臺上，並且不顧自己一頭亂髮，以恭敬的手勢做出引導。

於是，那個男人……他，走了出來。

白陽不得不承認，自己這輩子從沒看過這樣子的男人。

他穿著黑色的西裝，一副剛下班的樣子，但還是和周圍那些同樣穿著的人有著絕對的不同；他的眼神冷漠而犀利，臉上可以看出有些疲憊，但更多的卻是那無視一切的霸氣，舉手投足都散發出一股致命的驚人氣勢，宛如一個動作就能瓦解整個世界——他便是這個T島的帝王，蒼神。

蒼神走到了舞臺的中心，手中持著薄薄的聲明稿件，就這麼和臺下跌坐著的白陽打了照面。秘書們終究來不及將他們拖出去。

「這是怎麼回事？」蒼神問道。

「呃，老闆，是這樣的。」女秘書趕緊走來，附在蒼神耳邊說了許多話。

很容易可以明白，就算她告訴他關於通緝的事，他也不會知道那是什麼。追殺白陽、發布通緝令什麼的，全都是由他的下屬處理的，對他而言根本連雞毛蒜皮都不如。

一想到這點，白陽就氣得要泛淚。這幾天他和冰川這麼艱苦的被追殺，身為凶手之一的蒼神竟然什麼也不知道，也不可能會知道，到底為什麼會這麼荒唐！

蒼神在聽完秘書的說明後，連看都不再看白陽，只是面無表情的說：「盜機密啊，那就快點處理吧，搞成這樣成什麼體統。」

「是，老闆。」

警衛們又彎腰湊上來，揪住白陽的胳膊就要把他拖走，其中幾個秘書也過來幫忙，想儘快清空舞臺。

對此，白陽當然是拚命掙扎。當他看到蒼神身後站著的立德時，一股怒火自他的心底湧上。他伸手抹去流出的鼻血，指著立德怒道：「立德秘書，你就這樣沉默不語嗎！」

此話一出，在場所有人都愣住，連蒼神都皺起了眉頭，重新看向白陽，卻是問著立德秘書：「他說這話是什麼意思，立德？」

「老闆，這……」立德的臉色變得難看，瞪向白陽問：「你說這話是什麼意思？」

「還有什麼意思，你為什麼不幫我們說話？你覺得我們會是叛徒嗎？你現在在裝不認識什麼！」白陽吼道。

「那是你們聯盟自己的事情，與我們無關。」

「我們都要死了啊！只要你一句話我們就可以得救，連這個都不做，你根本是個混蛋！」白陽抓起旁邊的盆栽就往地面摔去。

全場一片譁然，立德秘書面色鐵青，惱怒地舉起帶著錶的右手，似乎就要從空中召喚黑線——

「你都還沒回答我，就要殺了他。你這是要做什麼？」蒼神問。

立德秘書立刻收手，臉色白了一半，露出屈辱的表情瞪向白陽。

就在這個時候，就在立德秘書要回話的瞬間，後臺再次傳來騷動，通往場內的封鎖繩再次被打開——一個倔強的小身影竄了出來，身後跟著一大群手忙腳亂的保鏢，就像著急護主的太監們一樣。

「爸爸，不要殺白羊哥哥！」

全場都呆住，沒人能夠理解現在是什麼狀況。

但，好戲上場了！這名五官標致可愛，身形嬌小活潑，一雙水汪汪大眼睛轉呀轉的小女孩，沒有人認不出來——是蒼言。

白陽訝異的抬起頭，用訝異卻還不足以形容。看到蒼言朝他跑來，他覺得既熟悉又陌生，好像那段曾一起相處的日子已經過了大半個世紀似的。

「一百億元！」他錯愕的叫了她。

「白羊哥哥！」

蒼言一副欣喜的樣子，卻又立刻置換為凝重的表情。她無畏的跑向白陽，張開雙臂護著他和冰川、白玲，替他們擋著蒼神。

蒼神愣得臉都歪了，他看著自己的女兒，無法理解她為什麼會出現在這裡。白陽倒是明白，這個會場內的一舉一動早就透過媒體的鏡頭放送到每臺電視、每個頻道去了，蒼言鐵定是從電視上看到他們遭受威脅，所以才死活哀求，說什麼也要衝來這個會場。

「……乖女兒，現在不是胡鬧的時候，快過來爸爸這。」蒼神硬擠出一個笑容，蹲下來朝著蒼言招手，那笑容要說有多難看就有多難看。

「不要殺白羊哥哥！」蒼言毫不退讓的說，保護白陽的手伸得更直。

「快過來，那邊危險，快來呀……」蒼神殷切的說道，伸手想抱蒼言，卻讓她退了好幾步，退到白陽身邊。

蒼神的臉都黑了，他緩緩站起，表情看起來很想殺人。

「傑仁，為什麼言言會在這裡？」

「老闆，小姐她……看到電視就吵著要來見你，又哭又鬧的，誰也哄不了，所以只好帶她來這裡……」名為傑仁的秘書支吾道，臉上的汗像是倒了水那樣的流著。

「爸爸，你不能殺白羊哥哥！」蒼言倔強的說。

「乖女兒，妳聽我說，那邊真的危險，快過來！」

蒼神耐心的哄著，臉上的笑容都快歪掉了，一副擔心女兒卻又不敢得罪她的樣子，寵溺之情由此就可以看出，和平時那不苟言笑的他簡直判若兩人。

而白陽也看得出來，除了急切之外，蒼神的表情有著滿滿的疑惑，應該是對於蒼言為什麼會護著他們、叫他白羊哥哥等等之類的情況。

時機已經到了，蒼言意外的出現讓白陽猛然想起了自己來到這裡的原因——他就是要來見蒼神的，他有一張王牌還沒打出，他們大費周章來到這裡，就是要來向蒼神討回公道！

於是他站了起來，扶住蒼言的肩膀從她身邊走過，眼神堅定的朝蒼神走去。對於蒼言此刻護著他們的舉動，以及剛才與立德秘書一來一往所留下的懸念，甚至蒼神滿肚子問號也沒來得及問清楚的疑惑，他現在全部都要做個了結。

白陽無畏的走到蒼神面前，一改先前的怯懦怕事，伸手指向他的鼻子痛罵道：「蒼神，你這個忘恩負義的傢伙！」

全場一片譁然，誰都沒有想過竟會有人敢對蒼神如此說話。那些保鏢們臉都綠了，紛紛瞪大眼的不敢動彈。

自此之後氣氛完全改變，白陽的氣焰讓他不再屈於下風，那氣憤的神情使得他和蒼神平起平坐。而這也是理所當然的，蒼神欠他太多東西了，他現在就要好好跟他算帳。

「我是忘恩負義的傢伙？」蒼神訝異的問。

「沒錯！你女兒失蹤了好幾個月，你以為你女兒是怎麼找回來的？救了你女兒的人就是我！現在你竟然用這種態度對我！你這個沒有良心的傢伙！」白陽痛快的罵道。

「什麼？！」

「你再裝傻啊！當初說救了你女兒的人可以得到一百億的獎金，那請問錢呢？到現在我連一塊錢都沒看到，你在裝窮嗎！」白陽喘了口氣，接下來才是真正的重點：「很好，現在那筆錢我也不要了，一百億我不要了！蒼神，我救了你女兒，你欠我一個人情！我也不要錢了，我就要這個人情——蒼神，你、欠、我、一、個、人、情！」

是的，白陽終於現出了他的秘密武器。蒼神答應過要給他一百億，所以從蒼言離開那天他就一直痴痴的等，痴痴的等一百億，結果最後真的被當成了白痴！

一百億完全沒有匯進他的戶頭，被冰川看到的那幾次，他懷裡抱得緊緊的東西就是存摺。但不管他怎麼補登更新，裡頭就是沒有一百億。白陽這輩子最痛恨的就是有人騙他做白工，他絕對不會原諒那個人，就算是蒼神也一樣。

但現在好了，沒有匯一百億非常好，要是真的匯了一百億，白陽此刻要向蒼神討公道就無法這麼理直氣壯，畢竟他也沒欠他們什麼。不過，蒼神沒匯錢，沒匯錢的話非常好，他也不要錢了，現在他就要蒼神的一個人情，讓蒼神欠人情，絕對是比什麼一百億還要更值錢的事！

「懂了嗎？你欠我們一百億，竟然還敢通緝我們！要是沒我們，你女兒今天、現在能站在這裡嗎？」白陽咄咄逼人的罵道，將這陣子以來的不滿全部發洩，「那筆錢我現在也不要了，我現在就要你還這個人情，我要你救我們，『魔鬼』在追殺我們，我要你救我們，蒼神！」

蒼神愣了許久，最後收回所有的表情，臉色卻難看到不行。根據白陽說的話，再加上蒼言護著他們的舉動，他大概能明白是怎麼一回事了。

他朝白陽點了一下頭，示意他先等待，然後冷眼問道：「立德，這是怎麼回事？你不是告訴我，言言是保鏢團找到的？」他用平靜的語氣問道，卻足以令所有人戰慄。

「老闆……」立德秘書抿了一下嘴脣，臉色蒼白到不行，「這是誤會。」

「誤會？」

「那個……」立德吞了一下口水，「您不知道……那個小子對小姐毛手毛腳的，根本不配做小姐的恩人……」

原本白陽以為蒼神會喊個「住口！」威懾全場之類的，結果蒼神什麼也沒說。只見他從上衣口袋拿出一枝鋼筆，緩步走向立德秘書，全場的人頓時都屏住呼吸，臉色比什麼都難看，一副死到臨頭的樣子。

蒼神用鋼筆輕敲了立德秘書的頭一下，全場的人便全都跪了下來，嚇得連頭都不敢抬，上百個保鏢無一例外。

「……」立德秘書跌坐在地上，全身發抖，好像要失禁了那樣。

蒼神收起鋼筆，沒有再看他一眼。

「不好意思，讓你見笑了。」蒼神對著白陽說：「關於言言的事，我希望能跟你深切地了解一下，當然還有那兩位女士——你們還抓著她們做什麼？還不趕緊放開！」

他這麼一說，保鏢們立刻放開白玲和冰川，且態度一百八十度大轉變，把她們當貴客一樣急切的檢視剛才有沒有弄傷她們。

「就你剛才所說的，若你真的是言言的救命恩人，我會為了今晚的事向你致歉。」蒼神說。

「這樣才對。我跟你講，真的是我救了蒼言，我，還有冰川──我的搭檔。還有，我姐姐多少也有幫忙。」白陽說道：「你欠我一個人情，蒼神，你、欠、我、一、個、人、情！」他不斷強調。

「我很樂意償還這個人情，且我想現在就能夠多少彌補我的錯誤，畢竟事情已經很明朗了。」說完，蒼神的眼眸閃爍了一下，在白陽聽明白他的意思前，他已經轉頭看向了採訪區的媒體鏡頭。

「各位晚安，相信剛才的畫面已經被各位看見，我也難以管制這些媒體朋友……」他略帶抱怨的說著，「在記者會開始前，有件事必須先對社會大眾做說明：先前以我的名義對外所發布的通緝令，對於這三位人士的通緝令，從此刻起就地解除，所有看到我這番聲明的相關單位請即刻進行修正，取消追緝行動。這三位人士是我的貴賓，有關單位即日起都必須善盡保護的責任，我將派駐一個保鏢團暫時維護他們的安全……」

之後他又說了什麼，白陽已經呆愣得都聽不進了。停留在他眼裡的則是秘書們及記者們狂做筆記的畫面，畢竟此刻蒼神的任何一句話都是一種命令，秘書們一定會迅速發布下去。

白陽實在太震驚了，他沒想到蒼神的動作會這麼快——蒼神直接就宣布解除對他們兩人的通緝令，透過鏡頭傳達給全國大眾；而且他也承諾會對「魔鬼」那裡做說明，要聯盟不要再追殺他們，這段期間就由他保護他們的安危。

聽他這麼說，白陽落下了眼淚，不是泛淚，而是真的哭出來。

長達一段時日的逃亡，在此刻總算結束。不管是「魔鬼」的軍隊、暴走的芙蕾兒，還是什麼烏賊綠汁怪，他累透了、他筋疲力盡，也受夠了，如今這一切總算在蒼神的保證下結束，全都結束了。

白陽淚目的回頭看向冰川，發覺她也紅了眼眶。

他跑向她，和白玲一起三個人抱在一起，心裡的大石頭總算放下。

「太好了，白羊哥哥他們跟爸爸和好了。」蒼言稚嫩的聲音傳來，她被名為傑仁的秘書牽著，一手揉著眼睛說。

白陽不禁看向她，很想揉揉她的頭說她幹得好，剛才來得真是時候；但他卻突然發現蒼神的表情嚴肅，一副事情並沒有結束的樣子，也不再留意女兒，而是面對著媒體鏡頭，手持著一份演講稿。

白陽這才驚覺事情並沒有結束，他們被通緝的事雖然告一個段落，但卻從頭到尾都不是重點，一直都不是重點！

「時間已經拖延得太久，現在我正式宣布，這場名為『T島真相』的記者會，現在開始。」蒼神說道，並站到主席臺的位置。

在蒼神露出犀利致命的目光前，各家媒體的鏡頭便已準備就緒。

是的，蒼神與太陽院之間的決鬥，伴隨著即將被揭開的T島秘密，現在才正要開始上演……

09

鬼島殘酷的真相——

太陽院是T島最大的宗教團體，勢力之壯大堪稱史無前例、絕無僅有；豪華樓閣坐擁不盡，大廟小廟遍布無數，但最令人訝然的莫過於其所掌握的民心及影響力，其信眾可說高達兩千三百萬，等同於全部的T島人民。旗下院士前仆後繼的來，死心塌地的追隨，自T島有歷史以來，沒有任何一個勢力能望其項背、與之抗衡。

然而，這樣子一個普通的宗教團體能夠成就今日怪獸一般的可怕規模，並非偶然，也並非運氣，而是一場邪惡陰謀所促成的，代價是讓無知的兩千三百萬人民背負災罪直至今日，犧牲的是那些命喪在鬼島氣場之下難以計數的生命。

數十年前，太陽院為了壯大勢力，召集了一些聲稱握有「秘密技術」的科學家進行研究。當時他們有一個瘋狂想法，認為若把T島變成妖魔橫行、病毒肆虐的鬼島，就自然而然可以讓民心歸向宗教。

即使聽起來是天馬行空，但當時剛接任院長之位的正宗上人竟默許了這項計畫，使得今後的太陽院徹底走上偏路，且一去不回頭。

之後便如同白陽所知道的，在一場秘密的實驗中，太陽院竟然真的用某種科學方法改變了這座島嶼。從那天起，只要一過晚上六點就會無限地誕生怪獸，且整個T島都被一種類似於病毒的酸液籠罩住，使得體測值太差的人無法出門——用後來人們所形容的話來講，便是鬼島氣場就此誕生。

生存環境的惡化、T島變成鬼島，太陽院的陰謀一個一個達成了，且效果出奇的好。生活的嚴苛讓需要慰藉的人民向宗教靠攏，不出多久太陽院就躋身成為T島最大勢力之一，正宗上人就此獲得至高無上的地位及權勢，成為如同救世主一般被神格化的人物。

但這全是一場騙局！救世主什麼的全是一場騙局！

T島會變成今日這副慘樣，就是太陽院一手造成的，但他們卻在人民面前扮演起英雄來，恬不知恥的接受擁戴，這簡直荒唐至極！

媒體當前，鎂光燈閃爍不斷卻終究歸為一片靜止。蒼神手持著講稿，站在主席臺前蠕動嘴脣，不知從何時起便不再看手中的稿子，而是憑著自己最直觀的心情，當眾、當著全國兩千三百萬人民的面，揭露太陽院的罪行。

即使早已知道這些真相，白陽依舊愣住，更別提那些媒體記者們。他們彷彿已經忘了自己身為掌鏡者的角色一樣，個個都一臉茫然，只是聽著蒼神的講語。

蒼神說了很久，他以那雄獅一般的容顏、以T島第一勢力的威信，在無數的鏡頭下告發太陽院所做的惡事，揭露當年的實驗。

這下即使太陽院握有再多的民心、即使人民再怎麼不敢相信，但蒼神都以他本人的名義親上火線，他們含淚含屎含尿也得信了，再怎麼不願面對現實也得信了。

蒼神連那場實驗的細節都知道，且也在此刻全盤托出，不管是「舍子」，還是其他白陽不知道的事情。

對此，白陽很震驚，雖不知蒼神是從哪查證的，但這場大陰謀果然已經隱藏不住了，誰也壓不下來了。後來白陽才想到，肯定是蒼神對太陽院的宣戰讓「第四勢力」明白了他不能苟同的立場，因而透過各種管道將那場實驗的細節透露給他，間接造就了今晚的記者會，藉著他的手揭發了太陽院的罪行。

今晚，一切都太過令人震驚了，這不僅僅是「第四勢力」的勝利，不僅僅是蒼神的勝利，同時也是全國人民的勝利。即使建立在驚愕悲痛之上，但人民總算看清了太陽院的真面目，掀開了T島最醜陋的瘡疤。

「太陽院是這個國家最大的惡人，是你我不共戴天的仇人！今日既已知道這點，不論各位有什麼想法，我會以我畢生的精力將他們從這座島上清除。」蒼神如此說道，一把揉爛手中的文稿，指節往桌面重重一敲，作為這場聲明的結束。

真相已經大白了，不管是鬼島的秘密、太陽院的實驗還是「舍子」。白陽呆愣的轉著僵硬的脖子看向會場內，就連那些攝影鏡頭也好像怔住似的閃爍反光，更別提全場依然一片安靜無聲，想必整個T島此刻也都是一片沉默呆滯。

然而，白陽想錯了，並非大家都愣著，至少有一群人不是，始終不是——

「這樣子信口雌黃了老半天，你們也該胡鬧夠了吧？」

隨著媒體區中間被排開讓出一條路，輕弱的老人聲音傳來。

這聲音沒人會認錯，因為太有特色了。要說虛弱也不是，但就是氣若游絲，讓人聽不清楚，縱使他的雙眼炯炯有神，底氣可是足得幾乎等同於殺氣——

正宗上人走進了會場，就這麼和蒼神對上了，剎那間白陽感覺有兩股強大的氣場相互碰撞擠壓，讓他全身的寒毛都豎了起來。

「哼，你還真夠膽子，竟然進來了。」蒼神冷冷的說道，身上的帝王氣勢一股腦迸發而出。

正宗上人身旁，黑袍的神使們推開了擋路的記者媒體，座位什麼的也早已被踢走，硬是清出了一條路；再加上跟隨而來的院士僧侶，場面頓時形成了金光萬丈的一方與蒼神抗衡。

這下局勢會變得怎麼樣，白陽已經無法想像了。正宗上人終究突破了蒼神保鏢團的外圍防守，帶著大批神使闖入這個會場裡，縱使已經被拖延了一段時間。

「大費周章的開了這種記者會，搬弄是非了老半天，高興了嗎？」正宗上人說道，身上的袍子流轉著神奇的雲氣，卻如同他的聲音那樣虛無縹緲。

只見他扯了一下紫袍下襬，轉身面對群眾，喊了一句「所有人看我」，全部的媒體便如反射動作般將鏡頭對準他，使得他瞬間奪得了場面的主導權，硬是成為全場焦點。

媒體們果真都是太陽院的好朋友。

「今晚蒼神的所作所為已經很明顯了，他這是惡意誣陷、刻意要栽贓本院。」正宗上人說道，白眉下方的雙眼瞪著鏡頭，「這一陣子以來先是對我宣戰，接著又拿我院士開刀，意圖難道還不明顯嗎？」他音量雖小，語氣卻嚴厲：「這是權力鬥爭！蒼神已經高居T島首富之位，卻還想著要併吞我太陽院的勢力，因而編造出這種子虛烏有的事，言行之惡劣令人髮指！」

他的一字一句都透過鏡頭傳達出去，現場又是一片譁然，但蒼神卻是一副表情平靜的樣子，站在後方的舞臺由保鏢們圍著。

「T島已經夠不安穩了，這陣子以來為了你的私欲，讓全民不得不陪你玩起鬥爭遊戲，你還打算讓這個國家沉淪成什麼樣子！」正宗上人痛斥道：「簡直是不堪入目、不堪入耳，你今晚的這場演說簡直可恥，令整個國家蒙羞！」

「所以院長，蒼神所說的實驗以及鬼島氣場的事，都是捏造的嗎？」某個記者率先冷靜下來，重拾了他的專業迅速清晰的問道，話都還沒問完麥克風已經遞了上去。

「當然是捏造的，我剛才已經說得夠清楚了，這是權力鬥爭！」

「上人，那麼你會如何處理這次與蒼神的衝突呢？」

「上人，你事先就知道蒼神召開記者會是要說這些嗎？」

記者們的發言如同雨後春筍般一個一個冒出，且他們很會做球給正宗上人，好像已經完全接受了正宗上人的說法似的，將記者會的重點完全扯離。

見全場的光環都落在正宗上人身上，他依然是全民救世主那般的屹立不搖，白陽簡直難以置信。就算他沒有事先跟媒體串通，但他的那股魅力與氣質天生就是善於掌控輿論。此刻民眾們也個個都雙眼發光，迷濛的盯著他們的上人說話，方才蒼神所說的一言一語好像都已經忘光了一樣。

白陽這才明白，太陽院所持有的民心已經到了可以指鹿為馬的境界，所以他們的地位誰也撼動不了，就連蒼神也做不到！

然而就在此時，冰川那裡傳來騷動——只見她驚叫一聲，懷裡的泰迪熊突然發光，比什麼都還刺眼的光芒四射而出，閃爍著逐漸融化，瞬間吸引了所有媒體的目光。

畢竟媒體並不是白痴，他們已猜到那隻熊是巨斧泰迪熊，若不是因為蒼神及正宗上人的光環太強烈，他們早就想去採訪一下了。而此刻，隨著泰迪熊的發光，他們總算有機會能好好的來關注關注牠了。

但問題是，隨著刺眼的光芒逐漸暗淡，泰迪熊……已經不再是泰迪熊了，牠閃爍呀閃爍著，竟然就在冰川的懷裡逐漸化成了一個人形。

在白光完全暗淡下來後，倚在冰川胸口的，是一個看起來不過四、五歲的小女孩，比蒼言的年紀還要小。她的雙眼緊閉，臉色蒼白，微張著嘴像金魚一樣呼吸，一副命在旦夕的樣子。

「什、什麼！？」白陽瞪眼大叫，噴出了滿嘴的口水。

全場也一片吃驚譁然，都維持在錯愕狀態沒人能回過神來。

——巨斧泰迪熊……竟然變成人了！巨斧泰迪熊竟然變成人了！這、這到底是怎麼一回事？！

白陽在心裡大叫。

「沒錯，正如各位所看到的這樣。」此時，沉默已久的蒼神總算開口說話。只見他走向前方，硬是讓鏡頭帶向了他。

「剛才之所以沒有提到，是為了不讓各位驚嚇，但既然事已至此，正巧遇到這隻熊的變形，那也沒什麼好隱瞞的了——」蒼神閉了一下眼，露出凝重的表情，「在這個T島夜晚所有誕生的魔物，在那場實驗中所創造出來的魔物，用的，全是活生生的人類，也就是你我的同胞，數十年前那些無故失蹤的親人朋友！」

白陽腿軟的跌坐在地上，雙眼空洞無神，腦海裡回想的則是自己和冰川過去獵殺魔物的那些畫面，如今卻有人告訴他，那些全是活生生的人……

他終於知道，為什麼闇黎在說起這些事時，眼裡所閃過的光芒會是悲傷的；同時他也開始明白，老爹究竟為什麼會對這些所謂的「勢力」懷抱著這麼深的敵意。

「而創造出這些魔物、進行那場實驗的人，就是太陽院。」蒼神如此說道。他大步走向冰川，伸手將她懷裡小女孩的褲頭往下拉，露出了屁股上那個太陽符號的烙印及編碼，「太陽院，是真正泯滅人性、殘酷無道的罪人，是這個國家最不可饒恕的罪人！」

此刻的T島，坐在電視機前的觀眾們，會是什麼樣的表情呢？

會是舉國哀痛嗎？

不，一定不是的，即使已經從錯愕中恢復，那股哀傷震驚也不是用哀痛就能表達的，太陽院的喪心病狂已經到了可怕、令人髮指都不能形容的境界。

正宗上人已經逃離了現場——在眾人回過神來、要群起撻伐前，早已狼狽的逃離了現場。因為不管是泰迪熊的變形、蒼神的話以及小女孩屁股上的烙印，都已經驗證了這場聲明會的真偽，打臉了他的謊言。

白陽瞪大著眼、流下了眼淚，一旁抱著小女孩的冰川則哭了出來。

即使正宗上人已經逃離了現場，最後仍是由一片罵聲結尾，然而罵聲之中卻摻雜了哭泣聲，是哀嘆、是哭泣，卻也有太多太多的泣不成聲。

今夜的T島是國難的一晚。

國難日，誰也難以入眠。

▶◎◀◎▶◎◀

疏散的會場，白陽看到了老爹。

他就穿著帽T，隱藏在人群之中，銀色的髮絲仍有些許露出。

對此，白陽並不驚訝，畢竟這一切都是「第四勢力」在暗中推動，他知道今日會有這場記者會，一定是他們暗中促成的，或多或少提供給了蒼神一些情報。

「老爹……」白陽失魂落魄的朝老爹走去，眼眶還溼潤著。

「哎呀哎呀，是小羊啊～」老爹一直站定在那，明明早就看到了白陽，卻戲弄似的挑了挑眉。

「老爹，事情怎麼會變成這樣？為什麼魔物會是人變的？」白陽筋疲力盡的說道，殷切的迎上老爹的雙目，「難不成你要告訴我，我和冰川一直以來所獵殺的魔物，全都是人類嗎？」

「正是如此呢。你不能接受也得接受，這就是現實的殘酷。」老爹輕描淡寫的說著，伸手摸了一下白陽的頭，「但也多虧了你們，在緊要關頭正好帶了那隻泰迪熊去，讓牠在社會大眾面前變成了人，你們果然心繫著『第四勢力』啊！」

「……」

「那隻泰迪熊已經被『舍子』馴化到了最終階段，所以淨化完成，被還原回人形，時機還真是剛好啊！」老爹笑著說：「今天的一切都太完美，你真應該聽聽那些民眾說了什麼，他們說絕不會原諒太陽院，要太陽院付出代價。噗～這話竟是從那些迷信呆子的嘴裡發出來的呢，真有趣。」

「太陽院已經完了嗎？」白陽無力的問。

「不死也半條命了。太陽院的根基就是民心，如今蒼神卻徹底毀了他們的根基，從此以後他們再也無法在T島立足了，最後只會衰敗滅亡。」

「那你不覺得蒼神很高明嗎？雖然是你們暗中幫忙，但他這樣不費一兵一足就能滅掉太陽院，簡直是鬥爭的最高境界不是嗎？」

聽白陽這麼一說，老爹的眉頭一緊，臉色突然一沉。

「老爹，你知道閻黎死了嗎？」白陽問。

老爹沉默了一會兒才回答：「知道，但我並不為他感到難過，他是死於自己所堅持的正道，他一直都希望能那樣死去，也算是圓滿了。」

「……你未免也太平靜了吧，他不是你的好友嗎？」白陽苦悶的說：「但我其實是想問，他說了那些話後，你是不是多少有被他影響了呢？」

「什麼影響？」老爹挑了眉。

「因為我感覺說服蒼神什麼的，好像不是『第四勢力』會做的事。」

「沒有人去說服蒼神。」

「不是啊，我的意思是說……如果是你們，應該會做出類似在會場裡放炸彈，或者趁著今日蒼神和正宗上人都在場，衝進來把他們一起殺掉之類的很偏激的作法……」白陽囁嚅道：「沒想到你們會採用闍黎的建議，用這麼和平的方式利用蒼神打擊太陽院……」

「不要再說了。」老爹的臉色整個沉了下去。

「咦？」

「不要再說了，這是唯一的一次，下次不可能了。」老爹搖了搖頭，深嘆道：「冰芥很生氣。」

「為什麼要生氣啊？結果不是很成功嗎？」

「不要再說了。」老爹一副要翻臉的樣子。

冰川在此時走過來，走到白陽身旁，眼睛還紅腫著。白玲則被支開在遠處，畢竟老爹的事不好讓她知道。

老爹瞧了他們幾眼，然後說：「你們今後有什麼計畫？要跟我走嗎？」

「跟你走？」白陽有些發愣。

「對，你們早就是『第四勢力』的一員了，闍黎死後我就一直在找你們，結果也不知你們逃到哪裡去，現在才有機會會合。」他說：「今日之後，太陽院就會從三大勢力中淡出，T島的秩序將會產生極大的變化。」

老爹露出深意的表情，「意思就是，也該是我們『第四勢力』浮出檯面的時候了。你們是我們的一員，我們多少也需要你們的幫忙，畢竟你們在最近這一連串的事件中都很巧妙的占據了一定的分量，儼然是不可或缺的角色，而我相信將來也會是。」

白陽聽不太懂老爹在說什麼，他只覺得累極了，於是在冰川開口答應前，他就捂住了她的嘴，「老爹，你先讓我們考慮一下，我姐很擔心我們，我至少要跟她商量商量。」

老爹似乎有點不高興，也訝異白陽會拒絕他，但白陽已經顧不得了。

他緊勾著冰川的手，回頭一看，是白玲在遠處急切等待的表情；在更後方，即使蒼神本人已不在會場內，卻仍有數名秘書等著他們。

白陽明白自己還有一條退路，就是蒼神。蒼神不久前才剛保證他會保護他們，那麼至少短期內，他和冰川還能躲在他的羽翼之下，安全無虞。

他已經太累了，現在只想好好休息、睡上一覺，其他什麼的，他管不了了。

「老爹，我會再和你聯絡的。」白陽說道，迴避老爹那不解的神情，帶著冰川就往白玲的方向走去。

一切都結束了，廣場上的人潮尚未散去，但T島的秘密總算真相大白了，即使有些事情尚未明朗，也終將會隨著太陽院的頹敗毀滅而水落石出。

這一陣子以來的奔波逃亡，也在蒼神的保證下告一個段落，即使無法再回歸原本的生活，能夠不必再面對可怕的「魔鬼」和芙蕾兒，白陽也滿足了。

「白羊哥哥！」

才和冰川一起與白玲三人抱成一團，白陽就聽到了遠處傳來這小驚喜一般的聲響。

蒼言拉著她的保母秘書啪噠啪噠跑了過來，兩隻眼睛咕嚕嚕的轉著，滿臉興奮的確認白陽是不是真的要跟著他們一起離開，確認她爸爸是不是在騙她。

白陽第一次覺得他的「一百億元」竟是這麼可愛，蒼神沒有匯一百億給他真的是太好了。

「當然囉，妳爸欠我一個人情，而且我們也無處可去了。」白陽笑著說道，摸了摸蒼言的頭。

「哇！那你們一定要來我的房間看看，我有好多東西想給你們看！」她雙眼一亮，邀請道。

沉鬱嚴肅的夜晚，竟有如此令人莞爾一笑的小確幸。

白陽被蒼言拉著，帶著冰川和白玲，幾人就這麼跑了起來。即使周遭秘書們的臉很臭，也絲毫不會影響他的好心情，但接著冒出來找女兒的蒼神可著實嚇了他一大跳。

他放開了蒼言的手，朝冰川心虛一笑——

他才沒忘記碰蒼神女兒的人可是會被剁、那、裡的啊！

《島國守衛戰02以哥哥的名義發誓，凶手就是你！》完

《島國守衛戰》全套兩集完結，全國各大書店、網路書店、租書店持續熱賣中！

現代魔法師
典藏閣
超萌え萌え的
魔法美少女戰鬥物語!!
現代魔法師與封印的神劍 01
現代魔法師與祖靈的怒吼 02
現代魔法師的傀儡之舞 03
現代魔法師的修羅地獄 04
現代魔法師之全球通緝令 05
現代魔法師之霸都大亂鬥 06
現代魔法師與龍的千年輪迴 07
現代魔法師的終點與未來 08
★全套八冊、全國各大書店、網路書店、租書店，持續熱賣中！
美少女魔法師從天而降，其實是：
(a)中樂透頭彩 (b)天將降大任於斯人也
(c)膝蓋中了一箭 (d)媽我出運啦！ (e)以上皆是
吐槽系作者 佐維＋知名插畫家 Riv
正港ㄟ臺灣民間魔法師故事
《現代魔法師》驚爆登場！
華文聯合出版平台 www.book4u.com.tw
采舍國際 www.silkbook.com
不思議工作室
立即搜尋
版權所有© Copyright 2014

羊角系列 018
島國守衛戰 02（完）
以哥哥的名義發誓，凶手就是你！

出版者■典藏閣
作　者■瓶
繪　者■FlyKing
封面設計■Snow Vega
總編輯■歐綾纖
製作團隊■不思議工作室
郵撥帳號■50017206 采舍國際有限公司（郵撥購買，請另付一成郵資）
台灣出版中心■新北市中和區中山路 2 段 366 巷 10 號 10 樓
電　話■(02) 2248-7896　傳　真■(02) 2248-7758
物流中心■新北市中和區中山路 2 段 366 巷 10 號 3 樓
電　話■(02) 8245-8786　傳　真■(02) 8245-8718
ISBN■978-986-271-675-5
出版日期■2016 年 3 月
全球華文國際市場總代理／采舍國際
地　址■新北市中和區中山路 2 段 366 巷 10 號 3 樓
電　話■(02) 8245-8786　傳　真■(02) 8245-8718
新絲路網路書店
地　址■新北市中和區中山路 2 段 366 巷 10 號 10 樓
網　址■www.silkbook.com
電　話■(02) 8245-9896
傳　真■(02) 8245-8819

☞您在什麼地方購買本書？☜

1. 便利商店（________市／縣）：☐7-11　☐全家　☐萊爾富　☐其他________

2. 網路書店：☐新絲路　☐博客來　☐金石堂　☐其他________

3. 書店（________市／縣）：☐金石堂　☐蛙蛙書店　☐安利美特animate　☐其他____

姓名：________地址：________________________

聯絡電話：____________　電子郵箱：____________________

您的性別：☐男　☐女　　您的生日：西元________年________月________日

（請務必填妥基本資料，以利贈品寄送）

您的職業：☐上班族　☐學生　☐服務業　☐軍警公教　☐資訊業　☐娛樂相關產業

☐自由業　☐其他________

您的學歷：☐高中（含高中以下）　☐專科、大學　☐研究所以上

☞購買前☜

您從何處得知本書：☐逛書店　☐網路廣告（網站：____________）　☐親友介紹

（可複選）　☐出版書訊　☐銷售人員推薦　☐其他____________

本書吸引您的原因：☐書名很好　☐封面精美　☐書腰文字　☐封底文字　☐欣賞作家

（可複選）　☐喜歡畫家　☐價格合理　☐題材有趣　☐廣告印象深刻

☐其他____________

☞購買後☜

您滿意的部份：☐書名　☐封面　☐故事內容　☐版面編排　☐價格　☐贈品

（可複選）　☐其他

不滿意的部份：☐書名　☐封面　☐故事內容　☐版面編排　☐價格　☐贈品

（可複選）　☐其他

您對本書以及典藏閣的建議________________________________

____

____

✌未來您是否願意收到相關書訊？☐是　☐否

✌感謝您寶貴的意見✌

印刷品

$3.5
請貼
3.5元
郵票
不思議信箱
FUSIGI POST

235 新北市中和區中山路二段366巷10號10樓

華文網出版集團　收

（典藏閣－不思議工作室）

島國守衛戰

02 END 以哥哥的名義發誓，凶手就是你！